Richard Wolf

Vom Ostwind verweht

Ein Band der Reihe

KONSTANZER GROSSDRUCK-BIBLIOTHEK

Richard Wolf

Vom Ostwind verweht

Flucht und Zuflucht
des Werner Hoffmann
Ein Tagebuch

Friedrich Bahn Verlag Konstanz

Das Umschlagbild zeigt ein Gemälde von Hirsau, das der Maler H. Zeeb nach einem Stahlstich aus der Mitte des 19. Jh.s anfertigte.

CIP-Titelaufnahme der Deutschen Bibliothek

Wolf, Richard:
Vom Ostwind verweht : Flucht und Zuflucht des Werner Hoffmann ; ein Tagebuch / Richard Wolf. – 1. Aufl. – Konstanz : Bahn, 1989
(Konstanzer Großdruck-Bibliothek)
ISBN 3-7621-1712-8

1. Auflage 1989

Gesamtherstellung: MZ-Verlagsdruckerei GmbH, Memmingen
Printed in Germany
ISBN 3-7621-1712-8

Mensch, schaue her,
dunkel und schwer
steht deine Zeit
gleich einer Tür
geschmiedet aus Leid
zwischen Gott und dir –
doch Gott
hat den Fuß in der Tür

Inhalt

Für den Leser

Dem Schreiber des Tagebuches, dem Amtsrichter Hoffmann, bin ich zweimal begegnet. Zu Gesprächen ist es dabei nicht gekommen. Darum weiß ich erst, nachdem mich seine Aufzeichnungen erreicht haben, daß wir Landsleute waren, Schlesier, Flüchtlinge und beinah gleichaltrig. Von den Schwaben brüderlich aufgenommen. In der Zeit der beiden Begegnungen, etliche Jahre nach Kriegsende, wohnte ich mit meiner Frau in Liebenzell. Als Schöffe am Jugendgericht in Calw mußte ich dort von Zeit zu Zeit an einer Verhandlung teilnehmen. Bei gutem Wetter machte ich den Rückweg zu Fuß. Die Straße läuft immer neben der Nagold hin. In der Wegmitte zwischen Calw und Liebenzell liegen an der Bergseite die Trümmer des Benediktinerklosters Hirsau. Immer bin ich zu ihnen hinaufgestiegen, bin im Kreuzgang hin- und hergegangen, von Fenster zu Fenster. Sie waren einmal, und das ist jetzt mehr als tausend Jahre her, der Rahmen für die Heiligen Geschichten. Für alle, die nicht lesen konnten, für die Laien, in leuchtenden

Farben auf Glas gemalt. Vom Paradiesgarten bis Golgatha. Zusammen mit dem Kloster und dem Zwilling des noch erhaltenen Eulenturms sind die Bilder in einem von Frankreich geführten Feldzug untergegangen.
Hier nun, im ersten der leeren Fenster des Kreuzgangs, sah ich Werner Hoffmann zum erstenmal. Ein alter Mann, wie ich damals meinte. Schneeweiß das Haar über dem müden Gesicht. Er hielt einen Steinbrocken in der Hand. Als ich grüßte, richtete er sich auf und erwiderte den Gruß. Es traf mich ein seltsamer Blick. Dann begann er lateinisch zu sprechen. Ich ging rasch weiter.
Wenig später trafen wir uns zwischen Kreuzgang und Marien-Kapelle. Hoffmann war im Begriff, die Kapellentür zu öffnen. Seine Hand lag auf der Klinke. Er sagte: „Ich habe Sie schon einmal gesehen.“ Ich nannte meinen Namen und den Wohnort. Er sagte: „Ich heiße Hoffmann. Ich wohne hier.“ Er nickte mir zu, öffnete die Tür und ging in die Kapelle.
Er lebt nicht mehr. Nachdem ich das Tagebuch gelesen habe, das mir der Architekt Tobias Schwämmle, Sohn der nun auch verewigten Frau Schwämmle, der Hausmutter des Amtsrichters Hoffmann, aus Kanada ge-

schickt hat, plagt mich das Gewissen. Nach seiner Flucht, nach jahrelangem Aufenthalt in Notunterkünften und Krankenhäusern ist Hoffmann im Hirsauer Bärental zur Ruhe gekommen. Ich sage es noch einmal: hätte ich den Menschen und das Stück Leben, das er in den beiden abgegriffenen Schulheften aufgeschrieben hat, schon damals gekannt, ich hätte mich um ihn gekümmert. Was mich daran gehindert hat, damals, war die Befürchtung, dem alten und schweigsamen Mann lästig zu sein. Seine Augen, – als sähen sie nicht das, was vor ihnen war. Und ich selber, ich hatte in jener Zeit Mühe, den eignen Kopf über Wasser zu halten.

Das Tagebuch – zwei Schulhefte voll. Der Schreiber hat sie eines Tages in einen Umschlag gesteckt, hat ihn mit meinem Namen und Wohnort versehen. Beides hatte ich ihm bei unserer zweiten Begegnung genannt. Nach seinem Tod hat Lisbeth Schwämmle, die Wirtin, den kleinen Nachlaß bei sich aufbewahrt, zu treuen Händen. Es hatte sich ja niemand gemeldet, der mit Hoffmann verwandt oder befreundet war. Das an mich adressierte Päckchen wird zwischen die Bücher geraten sein. Erst dem Sohn, dem Architekten Tobias Schwämmle, ist es dann

unter die Hände gekommen. Er lebt in Toronto, hat dort ein Bau-Büro. Als es mit der Mutter ans Sterben ging, wenige Jahre nach Hoffmanns Tod, ist er herübergekommen, hat die Mutter begraben, das Erbe verteilt, hat unsere Anschrift ausfindig gemacht. Wir wohnten ja nicht mehr in Liebenzell.
Erst aus dem Tagebuch habe ich erfahren, daß Hoffmann dem Gymnasiasten Tobias Nachhilfeunterricht in Latein gegeben hat, daß es zwischen den beiden zu einer Vater-Sohn-Freundschaft gekommen ist. Ich habe deshalb die Aufzeichnungen nach der Abschrift dem Tobias zurückgeschickt. Sie sind in seinem Elternhaus entstanden. In ihnen enthalten ist nicht nur der Werner Hoffmann, sondern auch die Mutter des Tobias und das Haus im Bärental.
Fünf Jahre liegt nun die Abschrift in meinem Schreibtisch. Hoffmann hat mich nicht wissen lassen, ob seine Selbstgespräche nur für mich bestimmt sind. Das Schreiben mit der Hand muß ihm oft Mühe gemacht haben. Immer wieder verkommt die schöne Schrift nach einigen Zeilen und wird schwer leserlich. Vielleicht ist dann nicht nur die Hand, sondern auch das Gedächtnis ermüdet. Daß es im ganzen Tagebuch keine Daten gibt, hat

mir das Ordnen des Inhalts erschwert. Für Irrtümer und Ungenauigkeiten im Bericht über die Schweidnitzer Zeit kann ich nicht einstehen. Hoffmann war krank. War es schon vor der Vertreibung. Ist nach der Flucht vorzeitig in den Ruhestand versetzt worden. Seit er die letzten Zeilen geschrieben hat, müssen dreißig oder mehr Jahre vergangen sein. Das ist ein Menschenalter. In dieser Zeit wächst eine neue Generation heran. In dieser Zeit klärt sich vieles ab. Wird überwachsen von der Gegenwart. Wird endlich vergessen. Hoffmann ist kein Ankläger gewesen. Seine Selbstgespräche können auch den Jungen guttun. Was wissen sie, was können sie noch wissen vom Kummer, von der Angst der Eltern? Was wissen sie noch von ‚drüben'?

Im Bärental

Die vier Wände, zwischen die wir uns flüchten, wenn wir Kummer haben, wenn wir mit uns selber reden müssen, sie seien gesegnet.
Nach jenem achten Mai, an dem die Russen bei mir einfielen, habe ich die Tage auf der Straße, die Nächte in einem Kellerloch, manchmal auch unter der Weistritzbrücke verbracht. Bis der erste Schnee fiel. Dann, nach der Flucht, in Lagern und Baracken, zuletzt in Krankenstuben.
Ich bin den Lagern dankbar. Sie heißen Auffanglager, Sammel- und Durchgangslager. Sie haben uns aufgefangen, gesammelt und verteilt. An ihren Tischen haben wir die erste warme Suppe gegessen. Eine Bettstatt haben wir gehabt, weiß bezogen. Eine warme Decke. Wir wurden gesättigt. Wir schliefen ohne Angst.
Erst hießen wir Flüchtlinge. Dann Heimatvertriebene. Die uns vertrieben haben, nennen uns Umsiedler. Auch Aussiedler. Als hätten wir's uns in den Kopf gesetzt, eine neue Heimat zu suchen.

In den Lagern wurde es niemals still. Viele weinten. Viele zankten miteinander. Den Augen der Kinder, den Augen der jungen Mütter zu begegnen, war schwer. Was die Männer erzählten, verschweige ich.
Ich habe wieder eine Stube. Ein Gehäus. Kann die Tür hinter mir zumachen und bin allein. Neun Schritte lang, sechs Schritte breit ist die Stube. Ich kann mit der Hand die Decke berühren. Über mir der Dachboden. Die Wände sind mit einer schiefergrauen Ölfarbe gestrichen. Die Rahmen der beiden kleinen Fenster bestehen aus dunkel gewordenem Lindenholz. Auf dem Fußboden, von der Tür quer zu den Fenstern, liegt ein bunter Fleckerlteppich. An der Wand zur Linken steht mein Bett, an der zur Rechten ein Kleiderschrank. In der Kammer nebenan wohnt Tobias, Frau Schwämmles Sohn, fünfzehn Jahre alt, Gymnasiast. Kommende Woche soll ich einen kleinen Ofen erhalten. Die Luft ist schon kühl. Wir sind im Oktober.
Unter mir das Erdgeschoß.
Das Haus, ein unversehrtes, wohlbeschaffenes Rechteck aus rötlichem Sandstein, hat der Maurer Eberhard Blessing, Vater meiner Hausfrau, vor fünfzig Jahren gebaut. In ihm ist Frau Schwämmle auf die Welt gekom-

men. Sie sagt, es habe sich seither in Haus und Garten nichts verändert.
Wir wohnen im Bärental. Zwischen uns und den Nachbarn hat sich der Jungwald gezwängt.
Talabwärts, zu beiden Seiten der Nagold, liegt die Stadt Hirsau.
Kein studierter Baumeister könnte das Innere dieses Hauses vernünftiger eingeteilt haben. Das Erdgeschoß enthält die Wohnstube, die Küche, die Badstube und den ‚Ort'. Darunter der Keller. In ihm der Waschkessel, ummauert. Darunter der Ofen. Regale für das Eingemachte und für die Winteräpfel. Ein Verschlag für Kohle und Holz. Ein Verschlag für die Gartengeräte, die hier unten überwintern.
Vor ein paar Tagen hat mir Frau Schwämmle einen Schreibtisch zwischen die beiden Fenster gestellt. Sie nennt ihn Sekretär. An ihm habe der Papa viel gezeichnet und gerechnet. Es ist ein Möbel der alten Art, aus Kirschbaumholz, mit einem gewölbten, verschließbaren Aufbau. Er mahnt mich. Er fordert mich auf, endlich aufzuschreiben, wie es zuging, als der Wind auf einmal von Osten blies.
Noch fehlt es an Kraft.

Die beiden Fenster sind so niedrig eingelassen, daß ich, ohne vom Stuhl aufzustehen, ins Tal der Nagold und weiter auf die Höhen über dem andern Ufer schauen kann. Zwischen dem Bärental und dem Fluß liegen die Trümmer eines Benediktiner-Klosters. Zu ihm gehört der Eulenturm, fünf Stockwerke hoch, mit hohen romanischen Fenstern und einem viergeteilten Dach. Er hatte einen Bruder. Zwischen den beiden Riesen gingen einmal die Hirsauer in die hochgewölbte Klosterkirche hinein. Sie ist umgekommen wie der Zwillingsbruder des Eulenturms, wie das Kloster, wie der berühmte Kreuzgang mit seinen frommen Glasbildern. Von Menschenhand zerschlagen.

Meine Stube war einmal das Schlafzimmer des Ehepaares Schwämmle. Nun hat sich die Hausfrau eine Liege gekauft und schläft in der Wohnstube. Sie muß sparen. Der Tobias kostet von Jahr zu Jahr mehr Geld. Die Bücher. Immer wieder eine neue Jacke, neue Schuhe. Er wächst schnell. Sie sollen nicht lachen, wenn die Ärmel zu kurz werden. Er will studieren, der Tobias. Häuser will er bauen. Nicht wie der Großvater. Kirchen und Rathäuser will er bauen.

An zwei Wochentagen arbeitet Frau Schwämmle in der Großwäscherei in Ernstmühl. Die Kriegsopferrente reicht nicht. Von der Miete, die ich bezahle, will sie etwas zurücklegen. Wenn ich dem Tobias im Lateinischen helfen könnte, sagte sie, würde sie mir manchmal was Gutes kochen. Einen Gaisburger Marsch zum Beispiel. Was mag das sein?
Wir haben keine Nachbarn. Für unsere Sicherheit ist der Pudel Benny verantwortlich. Wir haben Freundschaft geschlossen.

Vergangen. Wie federleicht ist das Wort. Wie schwer. Als sei Gehen und Vergehen zum Stillstand gekommen. Als sei eine Wand zwischen jetzt und vorher. Als könnten wir das Jahr, wenn es abgelaufen ist, von der Wand nehmen wie den alten Kalender, von dem wir das letzte Blatt abgerissen haben.
Wir kommen aber der Vergangenheit nicht aus. Sie stirbt nicht, bevor wir nicht selber Adieu gesagt haben. Wandert auf und ab, vor und zurück, legt auf einmal einen Schlüssel vor dich hin, der in dir eine Tür aufschließt. Hinter ihr: sie selbst. Vor ihrem klaren Gesicht weicht die Gegenwart.

Schreibe alles auf, hat die Mutter damals gesagt. Du wirst es einmal deiner Frau und deinen Kindern vorlesen.
Ich bin allein. Die Mutter ist gestorben.
Auch das Heft mit den harten, braunen Deckeln, kein Schreibheft, fast schon ein Buch, das Tagebuch, das mir die Eltern an meinem zehnten Geburtstag schenkten, ist nicht mehr da.
„Um zu schreiben, muß man allein sein. Die ersten drei Sätze", hatte die Mutter damals gesagt, „wenn du die drei ersten beisammen hast, kommen die andern von selber."
Sie war so klug. Konnte Französisch und Englisch, konnte Klavier spielen und dazu singen. Trotzdem hatte sie den Postschaffner Hoffmann geheiratet. Hatte mit ihm das kleine Haus in Langenau gebaut, in dem ich zur Welt gekommen bin. War die Tochter des Bürgermeisters von Altheide.
‚Nur was das Herz will, das gilt.' So steht es bei Hermann Hesse.
Es scheint wahr zu sein: Nach den ersten drei Sätzen brauche ich die andern nicht zu rufen.
Ich bin allein. Sitze am Sekretär des Eberhard Blessing, der mit seinen Händen und denen der Freunde dieses Haus gebaut hat. Wie der

Briefträger in Langenau, mein Vater. Ich schreibe in ein Schulheft. Tobias hat es mir aus Calw mitgebracht. Ich sollte nicht so oft zum Eulenturm hinüberschauen. Er ist mit Vergangenheit angefüllt wie ich selber. Er schweigt. Was die vier Winde ihm zutragen, er hat es oft gehört.

Was gäbe ich nicht darum, noch einmal durch Breslau zu wandern. Von den Friedhöfen im Süden bis an die obere Oder und weiter zur Alten Oder. Nicht durch die großen Straßen. Nicht über die Plätze. Alle ummauert. Nicht das steinerne Denkmalgesicht, die Kleinodien der Jahrhunderte, die immer lobsingenden Kirchen. – Auch nicht das Rathaus, das seinesgleichen nicht hat. Wie oft, wie lange stand ich mit dem gelehrten Onkel vor diesen Wundern. Hörte ihn mit sich selber reden. Und immer noch sehe ich sie, kann sie beim Namen rufen.

Was ich nicht mehr rufen und sehen kann, ist das Breslau der Kleinen. Die Nebenstraßen mit den niedrigen Häusern, wo sich die Menschen noch kennen und grüßen. Ein Wiedersehen mit meiner Schlafkammer bei der strengen Schülermutter, mit unserer winzigen Wohnung an der ‚Zeile' –, was gäbe ich nicht darum.

Es war ja noch keine Großstadt, wie ich sie am Rhein gesehen habe, war nur eine große Stadt. Immer noch ein Zuhause. Ruhig gewachsen wie ein Baum. Wie jener Baum des ersten Psalms: „–gepflanzt an den Wasserbächen, der seine Frucht bringt zu seiner Zeit, und seine Blätter verwelken nicht. Und was er macht, das gerät wohl."
Alle sind sie an Wasserbächen gepflanzt, Glatz, Lauban, Münsterberg und Schweidnitz. Brachten gute Frucht. Verwelkten nicht.
Warum ist es so schwer, die Schweidnitzer Jahre hereinzulassen? So bitter. So bitter. Sie suchen mich im Traum heim. Nicht die ersten Jahre, nicht die gute, die süße Zeit, nicht die geliebte Stadt mit ihrer leisen Fröhlichkeit. Nicht der grüne, duftende Kranz, der um sie gewachsen ist, in dem ich mit der Mutter gewohnt habe, am ‚Schwarzen Weg', in einem Gartenhaus, einstöckig, halb so groß wie das Elternhaus in Langenau.
Jene Stunden. Wie vollkommen sie waren, wir wußten es nicht. Die Waagschalen, in denen unsere Seele steigt und sinkt, waren zur Ruhe gekommen. Das Gleichgewicht, jener Zustand, den ich den wahrhaft menschlichen nenne, hatte sich eingestellt.

Wenn diese Stunden, von denen wir immer erst nachher wissen, wie köstlich sie waren: wenn sie sich heimlich verabschiedet haben, ziehen sie sich in einen der Winkel unseres geistigen Gehäuses zurück und warten. Wenn wir nicht mehr weit vom Ende sind, nicht mehr hoffen, nur noch trauern, erst dann melden sie sich, treten unversehens vor uns hin. Führen uns, als gäbe es keine Vergangenheit, zurück in einen Sommertag auf dem Zobten, in den dunkelgrünen Wald auf dem Adlergebirge, den Wald meiner Kindheit, lassen uns den Vater sehen.
Er steht neben mir. Er bückt sich, schiebt den Farn auf die Seite und zeigt mir einen Pilz. Sein Gesicht, immer zum Lächeln bereit, ist verklärt. Der Pilz hat einen unversehrten Hut, braun wie ein Pfefferkuchen. „Er hat auf uns gewartet", sagt der Vater.
Danach die Träume, die mir so oft den Schlaf vergiften. Sie schleichen sich an, führen mit sich die niederträchtige, tierische Angst. Am Himmel standen sie noch, Sonne, Mond und Sterne. In den Straßen war Tag und Nacht der Tod unterwegs. Nicht jener, den wir getrost erwarten, wenn sich unsere Tage verdunkeln, der uns dann sachte zu jener Tür führt, die sich nur nach innen öffnet.

‚Zieh' deinen Mantel an! Du mußt das Haus verlassen.' So heißt es in einem Gedicht aus jener Zeit. Ehe ich in sie zurückkehre, will ich wie an allen Tagen ins Kloster hinuntergehen. Im Kreuzgang werde ich mich in die Nische eines zertrümmerten Fensters setzen. Es geht eine Kraft von den alten Steinen aus. Von Menschenhand sind sie in schöne Gestalt verwandelt worden. Menschenhand hat sie geschändet. In Ungestalt verkommen sie.

Menschenhand. Waffen aus Menschenhand. Sie sind noch nicht so alt wie unser Tobias, die Kinder, die zur Welt kamen, als die Städte erschlagen wurden. Immer noch räumen die Frauen der Gefangenen und Gefallenen den Schutt aus den Ruinen. Über den eingeebneten Bombenkrater baut der unverzagte Mensch sein neues Nest. Oben am Rhein habe ich etliche gesehen.

In der Hand halte ich einen Steinbrocken, der sich aus dem Fensterbogen gelöst hat. Nicht größer als eine Nuß. Ich sitze im ersten Fenster links vom Eingang. Von hier sehe ich den Eulenturm bis hinauf an sein Dach. Den grauen Brocken in meiner Hand hat der Steinmetz an zwei Seiten geglättet und gerundet. Das ist lange her. Nun, wie ich den

Stein in der hohlen Hand bewege, wie er sich erwärmt, führt er mich hinaus aus Raum und Zeit.
Mit dem Onkel stehe ich vor den Stufen, die zum Portal der Kreuzkirche hinaufführen. Hinter uns, auf hohem Sockel und überlebensgroß, der heilige Nepomuk. Wir sind in Breslau, und ich bin sechzehn Jahre alt. Es ist Krieg. Seit dem Onkel die Frau starb, hat er nur noch eine Liebschaft. Es ist die Vergangenheit seiner Vaterstadt. Seit dem Sommer wohne ich bei ihm. Auch ich habe eine Liebe. Glaube keiner, daß ein Mensch erwachsen sein muß, ehe sein Herz aufwacht.
Wir steigen die Stufen zur Kirchentür hinauf. Waren es zwanzig, waren es mehr? Ehe wir die Tür öffnen, sagt der Onkel: „Lege die Hand daran!" Ich lege die Hand auf die steinerne Umfassung des Portals, und der Onkel sagt noch: „Jetzt hast du sechs Jahrhunderte berührt. Sechshundert Jahre und noch ein paar mehr. Das sind zehn Lebensalter."
Wie sind wir, der Onkel und ich, in diesen Kreuzgang gelangt? Und wo sind die vierzig Jahre, die seit damals vergangen sind? Das Gemäuer, in dem ich sitze, ist noch ein paar

Menschenleben älter als die Kreuzkirche in Breslau.
Die einsamen Sonntage damals. Tief unten der Hof, in dem die Mädchen ihre Puppen ausfuhren. Ich hörte, wie sie ihre Kinder ermahnten, sah, wie sie sich über sie beugten und sie küßten. Wie leibliche Mütter. Ich saß allein auf dem Küchenbalkon. Der Onkel schlief. Hatte er ausgeschlafen, sein Gesicht gewaschen und den Sonntagsrock angezogen, stopfte er die Pfeife. Wir gingen spazieren. Er benutzte nicht das gemütliche Wort, er sagte: „zum Dom" oder „Rathaus" oder „zur Kreuzkirche".
Immer noch sitze ich in dem leeren Fenster. Kein Steinmetz hat es nach der Zerstörung mehr angerührt. Keiner hat den Zwilling des Eulenturms wieder aufgebaut. Warum nicht? Sind womöglich die Kräfte erlahmt, die im Glauben ihre Wurzel haben?
Stein, wie nenne ich das, was in dir steckt? Blitzschnell hast du meine Heimat hergeholt, ihr unvergeßliches, trostreiches Gesicht. Ein halbes Menschenleben, was ist das, du Stein, für dich?

Zieh' deinen Mantel an

Einen Mantel hatte ich nicht mehr, nachdem erst der Schrank, dann meine Taschen ausgeleert worden waren. In Hausschuhen und ohne Jacke stand ich auf einmal vor der Haustür.

Blitzschnell war zwischen heute und morgen ein Vorhang niedergegangen. Er hat sich nicht mehr gehoben. Er war aus Eisen. Meine Erinnerungen an Schweidnitz, bis zum Tod der Mutter lebendig und zuverlässig, haben dem Kolbenschlag gegen die Haustür nicht standgehalten.

Wer nicht dabeistand, wenn ein lebendiger Baum gespalten wird, wen es nicht betroffen hat, wird nicht begreifen, daß dabei ein gutes Stück Lebenszeit untergeht. Ins Bodenlose stürzt.

Das Gepolter vor der Haustür, das Gebrüll, der dröhnende Stoß mit dem Kolben, – es war nicht so, als wenn uns ein Dachziegel auf den Kopf fällt, als wenn wir über eine Schwelle stolpern. Ich hatte es erwartet. Wir alle, westlich und östlich der Neiße, der Elbe, haben das Wetter kommen sehen.

Warum erschraken wir dann, als die Blitze niederfuhren, mitten in unsere Welt, unsere schönen Städte, ins Gewohnte und Gesicherte? Nun, auch der, den die Wetterwolke eingeholt hat, erschrickt er nicht zu Tode, wenn der Blitz neben ihm niederfährt?
Aber erschraken wir denn?
Alle, der Wind, die Wolke, die Blitze, waren einmal gen Osten unterwegs gewesen, hatten den gleichen Schrecken, die gleichen Ängste vor sich hin gewälzt. Bis an die Wolga. Jetzt zeigten die Läufe der Gewehre auf uns. Rückten von Tag zu Tag näher. Von Stunde zu Stunde nahmen ihre Stimmen zu. Stadt um Stadt zerfetzten sie. Plünderten Haus um Haus. Jagten die Flüchtlinge vor sich her.
Durften wir erschrecken? Ein Schreck geht vorüber.
Der Mann, der einmal alles in Gang gesetzt hatte, den gab es nicht mehr. In seinen Befehlen hatte er sich oft auf die *Vorsehung* berufen. Hatte sich nun von uns allen verabschiedet. Für immer. Wir, die wir noch lebten, waren *zur Plünderung freigegeben*. Am achten Mai, neunzehnhundertfünfundvierzig.
Ich stieg aus dem Keller und öffnete die Tür.

Als mich die drei Russen sahen, im Hausrock und mit leeren Händen, senkten sich die Gewehrläufe. Ich habe zu lächeln versucht, als seien sie erwartete Gäste.
Der mit den Streifen am Ärmel: „Wo ist Frau?“ „Keine. Ich allein.“
Sie drückten mich auf die Seite, waren schon in der Wohnstube. Rissen den Vorhang vor Mutters Bett zurück, warfen Kissen und Bettzeug aus dem Gestell. Zerwühlten auch mein Bett. Noch einmal: „Wo ist Frau?“ „Ich habe keine.“ Wiederholte das auf Französisch und Englisch. Dachte: Warum haben wir nicht Russisch gelernt? Wußten wir nicht schon seit Wochen, welche Sprache zu uns unterwegs war?
Sie ließen jetzt ihren Gefühlen freien Lauf. Sie warfen die Bücher aus den Regalen. Langten in jeden Winkel. Stiegen in den Keller. Kamen mit ein paar Flaschen Wein wieder herauf. Der eine räumte die beiden Kleiderschränke aus. Der andere hatte auf dem Nachttisch nebenan meine Brieftasche gefunden. Zog die paar Scheine heraus.
Ich sagte: „Bitte, meine Legitimation.“ Der mit den Streifen lachte, steckte das Geld ein. Ich griff nach dem Ausweis. Sollte ich namenlos werden?

Da schlugen sie mich auf die Hand, packten mich am Arm. Einer riß die Tür auf und stieß mich zum Hause hinaus.

Wohin? Rock und Mantel waren dringeblieben.
Ich ging querfeldein zur Riebelshöhe hinauf. Mutter, sagte ich ein paarmal vor mich hin. Es ist dir erspart geblieben. Gott sei's gedankt. Immer wieder setzte das Denken aus. Ich ging und ging. Die Beine taten ihren Dienst wie sonst. Nur das Denken kam über den Augenblick nicht hinaus, in dem sie mir Geld und Brieftasche weggenommen hatten.
Die Ausweise? Gibt es noch Schweidnitzer, die mich kennen? Ist das Amtsgericht schon besetzt?
Auf einmal wollten auch die Beine nicht mehr weiter. Das Album! Die Bilder von Vater und Mutter, vom Bruder. Von daheim. Die vom Vaterhaus, von Langenau. Die Freunde. Der Onkel in Breslau. Die ganze Vergangenheit. Erst jetzt begriff ich, wie kostbar, wie unersetzlich das kleine, unscheinbare Buch war. Die Mutter hatte es in Glatz gekauft, während des ersten Krieges. Sie hatte die ersten Bilder eingeklebt. Das er-

ste Bild: unser Vater, der Postschaffner Hermann Hoffmann, wie er am Morgen aufs Rad stieg. Danach Mutters eigner Vater, Karl Herberger, Bürgermeister von Altheide.
Ich mußte zurück.
Die Bücher, alle Bücher, die mir den Weg gewiesen hatten, mochten sie alles hinmachen, zerreißen, verbrennen. Nur nicht das Album.
Ich kehrte nicht um. Die Beine liefen weiter ohne Befehl. Ich rannte, als seien sie hinter mir her. Jetzt war ich oben. Im Pavillon saß ein Mädchen und heulte laut wie ein Tier.
Warum hatte ich das Album nicht längst in Sicherheit gebracht? Ich hätte es nach München schicken können. Dort wohnte ein Schulfreund.
Zurück. Sie werden mir das Album lassen. Aber die Bilder vom Vater und vom Josef in Uniform, die vielen Uniformen –. Sie werden es längst zerfetzt haben.
Da sah ich, daß es in unserer Stadt brannte. Aus ihrer Mitte stiegen Rauch und Flammen auf. Dort drüben, das mußte die Burgstraße sein. Da wohnten Mosers. Da lagerten tausende von Büchern.
Ich rannte zur Stadt hinunter. In der Waldenburger Straße kam ich kaum vorwärts.

Zwei Menschenströme quälten sich aneinander vorbei, schweigend, der eine stadtauswärts, der andere zur Stadt hinein. Alle beladen wie Lasttiere, alle eingemummt, als ginge es in den Winter. Mich, der ich in Hose und Hemd und in Hausschuhen an ihnen vorbeistürmte, nahm keiner wahr.
Endlich die Burgstraße, die Buchhandlung. Hier hatte Ulrich gewohnt, der Freund. Hier seine Eltern. Alle, die wir in der Schule nicht ‚gehabt' hatten, in diesem brennenden Hause hatte ich mich mit ihnen befreundet, mit Fontane, Hesse und Rilke, mit Thomas Mann.
Das brennende Haus, ein längst gewohntes Bild. In den vergangenen Wochen war Schweidnitz oft bombardiert worden.
Vor der Buchhandlung standen zwei russische Soldaten. Sie hoben das Gewehr, als ich mich näherte.
So war es auch vorm Amtsgericht und vor dem halbzerschlagenen Rathaus.
Es ging gegen Abend. Ich spürte auf einmal die Kühle. Wie sollte es weitergehen? Alle Häuser besetzt. Daheim meine Jacke, die Anzüge, die Mäntel und Schuhe. Geld und Ausweis.
Auch auf dem Rückweg, dem Weg zum ein-

stigen Zuhause, hat mein Denken nachgelassen. Die Luft schmeckte nach Brand. Die bittere Luft hat mich betäubt. Wie die Weistritz von Wasser, so waren die Straßen von Menschen angefüllt, Menschen in größter Eile, beladen mit Koffern und kleinen Kindern, die sie Huckepack trugen, Menschen ohne Gesicht. In meinen Ohren rauschte es. Wo war ich? Was für eine Stadt?

Erst am Gondelteich kam ich zu mir. Stand auch endlich vor meiner Haustür. Ich hörte Musik. Ich klingelte. Als wäre das nicht meine Haustür. Ich klopfte, schlug mit der Faust aufs Holz. Die Tür ging auf. Der jetzt vor mir stand, mit erhobenem Revolver, erkannte mich sofort und lachte schallend. Zog mich am Arm in die Stube.

Ihn hatte längst der Geist in der Flasche überkommen, der Hexenmeister. Er kann den Friedfertigen zum Angreifer, diesen wiederum zum Freund und Bruder machen.

Ein solcher stand vor mir, hielt mir ein zur Hälfte mit Wein, meinem Wein, gefülltes Glas entgegen und sagte dazu etwas Russisches. Ich trank. Sie mußten die paar Flaschen Chianti hinter den Briketts gefunden haben.

Auf dem Fußboden lagen immer noch die Bücher. Der Tisch war mit großen und kleinen Gläsern besetzt, großen und kleinen Flaschen. In der Mitte der Plattenspieler. Es gab ja immer noch Strom. Alle Lampen brannten. Mit höchster Lautstärke: die Nußknakker-Suite. Diese festliche Musik.
Sie hatten das Bett der Mutter und auch mein Bett, ich sah es durch die offne Tür, wieder hergerichtet. In dem der Mutter lag in voller Uniform der Unteroffizier oder was immer sein Rang war. Neben ihm regte es sich. Mein Soldat zog rasch den Vorhang zu.
Sie hatten gegessen und getrunken. Waren satt und freundlich und hörten die Musik ihres Landsmannes. Ich zeigte auf den Kleiderhaufen. Schüttelte mich. Wie mochte es auf russisch heißen: kalt? Sie verstanden mich. Der von drüben stand auf und holte meine Hausjacke hervor. Griff noch einmal in alle Taschen und hängte sie mir über die Schultern.
Ich sagte: „Mantel.“ Er schüttelte den Kopf. Ich sagte „Legitimation“. Er schüttelte den Kopf.
„Kann schlafen hier“, sagte es aus dem Bett der Mutter. Sagte noch: „Tschaikowsky. Russisch.“

Die Nußknacker-Suite war jetzt bei den Rohrflöten angekommen. Ich dachte: Vielleicht lassen sie mir das Album. Sie sind milde gestimmt. Könnte ich es in ihrer Sprache sagen! Ich zeigte auf die Bücher, bückte mich schon, hätte es schnell gefunden. Sie erlaubten es nicht.
Sollte ich die Nacht mit ihnen verbringen, hier im Gewohnten? Wo sonst.
Jene Nacht, die letzte am ‚Schwarzen Weg', haben mir die Himmlischen zugeteilt. Gott selbst hat mir geschenkt, was ich nicht als Kind, nicht als erwachsener Mensch, was ich nicht einmal in den letzten Schweidnitzer Jahren bedacht habe. Hingenommen habe. Geschwiegen.
Ich lag auf der Diele. Über mir die Tischplatte. Auf ihr der Plattenspieler, der die ganze Nacht nicht schweigen durfte. Über ihm die Hängelampe, die ich einst in Langenbielau, im Weberdorf, gekauft hatte. Die Mutter war dabei gewesen. Ein Zugpendel hatte es sein müssen.
Wie war ich vom Wilhelmsplatz zum Gondelteich gelangt? Und warum waren sie alle unterwegs, die Schweidnitzer, blieben nicht in ihren Wohnungen? Hatten sie alle hinausgemußt aus ihren Stuben? Oder waren es

Leute von draußen, aus den Dörfern? Dachten sie, in der Stadt sei es sicherer?
Sicher. Das gute Wort war gestorben.
Freigegeben zur Plünderung.
Und was bedeuteten die Schüsse, die ich jetzt hörte? Wehrte sich da jemand? Hatte da jemand den Arm gehoben gegen jemanden, der seine Stube leer machte?
Es war die Vergeltung. Immer trift sie beide, den Schuldigen und den andern. Ich wußte es aus meinen Büchern und meinen Terminen. Aus den Schlußreden des Staatsanwalts. Ich selber hatte vergolten. Guten Gewissens. Da drüben, ein paar Armlängen von mir entfernt, lagen sie. Ein Haufen Menschheitsgeschichte. Alle Gewalttaten. Alle Vergeltungen. Dazu die Gerichtsbarkeit, von Babylon bis heute. Wenn ich in diesen Büchern las, in denen auch der Großvater, der Bürgermeister, gelesen hatte, von Unbarmherzigkeit und Freveltat las, und wie sie vergolten werden – wann hatte ich an mich selber gedacht? An mein Land?
In den letzten Jahren waren immer wieder Bürger unserer Stadt verschwunden, geräuschlos, bei Nacht und Nebel, ohne Verhör und Verhandlung. Ganze Familien, die unsere Stadt, unser Schlesien, für ihre Hei-

mat gehalten hatten. Fragte ich, dann hieß es: ausgewandert, emigriert. Später wurden bloß die Augenbrauen gehoben. Und endlich hörte alles Fragen auf.
Jetzt hatte der Soldat, der den Plattenspieler bediente, den andern Tschaikowsky gefunden, die Sechste Symphonie. Noch einmal, vielleicht zum letzten Mal, würde ich den vierten Satz hören, das Adagio lamentoso. Das herzzerreißende Crescendo. Als ob wir alle, die ganze Menschheit, alles herausheulten. Allen Jammer. Alle Sehnsucht.
Noch ehe es dazu kam, fiel mir ein anderes Buch ein, das dort drüben lag, das allerkleinste. Das Sparbuch der Mutter. Hatten sie es schon gefunden? Keine Schublade, die sie nicht leergemacht hatten. Die Sparkassen, die Banken, gab es sie überhaupt noch? Wie lange würden die Russen dableiben? Und konnte es sein, daß nach ihnen die Polen kämen, für immer?
Wäre es doch endlich Tag. Ich fror. Die Stube hell bis in alle Winkel. Immer die Musik.
Jetzt der vierte Satz.
Keine andere Musik hat mich so tief in jenen Zustand hineingerissen, den wir Verzweiflung nennen. Nicht in die Verzweiflung an uns selbst oder an andern. Auch ist das ver-

räterische Wort nur ein Behelf für das, was niemand sagen kann.
Heute, nachdem ich Tolstoi und Dostojewski nachgeholt habe, glaube ich, daß nur ein Russe jenes Lamentoso komponieren konnte.
Wie spät? Die Uhr am Handgelenk war nicht mehr da. Wer hatte sie genommen? Ich war also doch einmal eingeschlafen.
Wie wird es weitergehen? Bleiben die Polen hier, wo bleiben dann wir? Ich hatte ein öffentliches Amt. Ich hatte Urteile gesprochen. Im Amtsgericht war alles zur Hand. Der da drüben, im Bett der Mutter, der hatte meine Brieftasche. Morgen früh, nein, heute früh, würde er mich verhören.

Schritte, Stiefelschritte auf dem Weg. Der Wachmann an der Tür rief die beiden Schlafenden an. Sie fuhren auf, zogen den Gürtel stramm, griffen zum Uniformrock. Auch ich war aufgesprungen. Auch das Mädchen zeigte sich jetzt.
Es klopfte. Nicht wie gestern, nicht mit Kolben. Der Wachmann packte mich an den Schultern und schob mich zur Hoftür hinaus. Hinter mir das Mädchen. Und während das neue Kommando das Haus betrat, ver-

ließ ich es, verließ es zum letztenmal, durch die Hintertür. Das Mädchen machte sich schweigend davon.
Ich stand noch eine Weile hinter dem Stapelholz und lauschte. Drinnen war es still. Jetzt sichteten sie wohl die Bücher, teilten die Teppiche, die Kleider, die Bilder. Wenn sie mich fanden, es war mir gleich, ob sie mich, den Amtsrichter, einsperrten. Deportierten. Dorthin, wo der Vater geblieben ist.
Auf einmal spürte ich mein Herz. Die Insuffizienz, die schon der Stabsarzt gerügt hatte und mich zurückgestellt. Bis zur Stunde hatte es seine Pflicht getan. Mein Stolperherz. Jetzt, da der Morgen kam, wurde es Nacht.

Erzengel Michael

Ich habe nicht vergessen, was der Arzt in Recklinghausen sagte. Das Herz nicht quälen. Die Jahre nutzen.
Jeder Tag ein Geschenk. Eine Zugabe.
Ich lebe darum nicht mehr so dahin, hier im Bärental, unter den wachsamen Augen meiner Hausmutter, in der Nachbarschaft des Eulenturms. Als verstehe sich alles von selbst, aufwachen und einschlafen, eingebettet in die Gegenwart, befreundet mit der Vergangenheit. Der Reichtum an Liebe, die ich empfangen habe – als verstehe es sich von selbst.
Und nicht vergesse ich den Kollaps, der mich vergangene Woche in der Badestube befiel, auch nicht die andern, die ihm vorausgingen. Sie sind nicht von der Art des Schocks gewesen, wie die Medizin das überlange Aussetzen des Bewußtseins nennt. Aus dem mir die Schwester Anna, die Graue Schwester des St.-Elisabeth-Krankenhauses in Schweidnitz, heraushalf. Mich zurück ins Leben holte.
Der Recklinghauser, einer der Medizinmän-

ner, die mehr vom Menschen wissen, als in den Büchern steht, hat mir zum Abschied einen Druck vom ‚Jüngsten Gericht' geschenkt.
„Weil Sie selbst ein Richter waren."
Das Blatt zeigt nur die Mitte des großen Altarbildes in Beaune, gemalt von Rogier van der Weyden. Ich habe es in Calw rahmen lassen und heute morgen über dem Sekretär aufgehängt.
In der Bildmitte steht der Erzengel Michael. Gesicht und Augen sind ohne Ausdruck. Am Daumen der erhobenen rechten Hand hängt die Waage. Die Finger der Linken sind ausgestreckt. Der Waagebalken steht schräg. In jeder der beiden Schalen sitzt ein nackter Mensch. Die eine Schale ist gestiegen, die andere gesunken. Der Mensch in der steigenden Schale, ein Erlöster, hebt die Hände zum Dankgebet. Der andere, sinkend, hat den Mund geöffnet und scheint zu schreien.
Hier gibt es keine Berufung mehr. Das letzte Wort ist gesprochen. Die Luft im Bild ist nicht stumm, sondern durchdröhnt von Posaunenstößen. Engel in vielerlei Gestalt umschweben den Heiligen und begleiten das Jüngste Gericht mit ihrer gewaltigen Musik.

Lange hat Frau Schwämmle vor dem Bild gestanden. Wie erstarrt. Sie hatte mir die Zeitung gebracht, wollte gleich wieder fort. Das Bild hielt sie fest.
Wie sie vor dem Erzengel steht, dem himmlischen Waagmeister, und in die Ewigkeit blickt, selbstvergessen, hingenommen, ist es mir, als sähe ich unsere Hausmutter zum erstenmal. Sie hat ein klares Gesicht. Unter der geraden Nase einen Mund, der, wenn er etwas gesagt hat, noch eine Weile lächelt, auch wenn es Ermahnung oder gar Tadel war. Als wolle er sagen: Es ist gut gemeint. Die Augen sind braun, ernste, ruhige Augen. Nicht so dunkel wie das Haar. Über der Nasenwurzel bildet sich eine senkrechte Falte.
Ich habe ihr zugesehen, wie sie in der Küche, wie sie im Garten arbeitet. Niemals sind ihre Hände in Eile, greifen nie daneben. Mit diesen sicheren Händen hält sie ihre ganze Habe und den Tobias in guter Ordnung. Was sie unter Ordnung versteht, habe ich schon am ersten Tag begriffen. Als ich die Schwelle zum Bärental Nummer sechs überschritten hatte.
Ich weiß, sie ist fromm. Hat die Art von Frömmigkeit, die nicht davon redet. Die aus Gottvertrauen und Geduld besteht.

Fast eine Woche ist vergangen, da wünscht Frau Schwämmle das Bild noch einmal anschauen zu dürfen. Ich freue mich. Sie betrachtet es lange und sagt dann: „Berufung? Haben Sie nicht gesagt, beim Jüngsten Gericht gibt es keine? Berufung, was heißt das eigentlich?"
Ich weiß nicht, ob ich die Frage richtig wiedergebe. Die Schwäbin Schwämmle spricht auf einmal Hochdeutsch.
Ich sage, daß beim weltlichen Gericht der Beklagte Einspruch gegen das Urteil erheben kann. Dann müssen Anklage und Urteil noch einmal durchgearbeitet werden, nicht selten von einem andern Gericht. Und vielleicht wird dann das erste Urteil bestätigt oder gemildert. Oder gar aufgehoben.
Frau Schwämmle erschrickt. Ein Richter, kann sich denn ein solcher irren?
Er kann es. Kann etwas übersehen. Ist durch eine falsche Aussage irregeführt worden. Einen Zeugen, der wissentlich die Unwahrheit gesagt hat. Denn solche gibt es.
„Und die Berufung?"
Die kann lange dauern. Es gibt ja auch noch den Verteidiger. Den kann sich aber nicht jeder leisten.

Davon hat Frau Schwämmle gehört.
Wir beschauten noch einmal das Bild: dieses Fenster in das Danach.
Ich sage noch: Beim Jüngsten Gericht gibt es zwar keine Berufung, aber eine Verteidigung. Die ist kostenlos.
„Ich weiß. Unser Herr Jesus Christus."
Er hat gesagt: „Selig sind die Barmherzigen; denn sie werden Barmherzigkeit erlangen."
Einen Tag danach konnte ich hinzufügen: „Barmherzigkeit aber triumphiert über das Gericht. Gemeint ist jenes auf dem Bild."
Frau Schwämmle: „Wo wissen Sie das alles her?"
„Aus der Bibel. In meinen kranken Zeiten, nach der Flucht, habe ich sie durchgelesen. In der Herzklinik in Recklinghausen. Von der ersten bis zur letzten Seite. Es steht viel mehr drin als im Bürgerlichen Gesetzbuch."
Am Abend, als wir im Garten die Stangen für die Kletterbohnen aufstellten, erzählte ich Frau Schwämmle meinen ersten Fall. Sie hatte bei der Bildbetrachtung wissen wollen, ob es schwer sei, das Richteramt.
Während wir die Stangen abputzten und in

kleinen Abständen schräg gegeneinander in die Erde bohrten, dann das Querstück, das sie miteinander verbindet, mit Bindfaden befestigten, während wir so das Einzelne zum Ganzen fügten, erzählte ich, wie vor meinen Augen eine Ehe, die freilich schon lange brüchig gewesen war, auseinanderfiel. Während dieses Berichtes, bei dem ich nichts hinzugetan, nichts weggelassen habe, wollte Frau Schwämmle immer wieder die Hand mit dem Bindfaden sinken lassen. Ich sagte: „Weiter!" Sagte: „Es war ein klarer Fall. Ein leichter Fall im Vergleich zu andern. Kein Blut. Bloß Prügel."

„Prügel? Vorm Richter?"

„Da waren noch die Verteidiger, der Anwalt, die Protokollschreiberin."

Weil Frau Schwämmle jetzt Bindfaden und Schere auf die Erde gelegt hat, muß ich mit dem Bohnenzelt allein fertig werden. Es ist mir nicht schwergefallen. In Langenau, als der Bruder schon in der Lehre war, habe ich in den Osterferien oft ein solches Zelt aufgestellt. Es ist eine schöne Arbeit. Die Gedanken gehen dabei in jene Zeiten zurück, in denen wir unsere Behausung ohne Stein und Mörtel errichteten.

Frau Schwämmle hat mich oft unterbrochen;

darum kann ich meinen Bericht nicht mehr mit den gleichen Worten wiedergeben.
Es war in Münsterberg. Zum erstenmal sitze ich vor zwei Menschen, die sich vorgenommen hatten, miteinander zu leben ‚bis daß der Tod uns scheidet'. Die jetzt von mir geschieden werden wollen. Außer den zwei Anwälten sitzt noch eine Zeugin auf der Bank. Nicht anwesend: das Streitobjekt. Ein in Silber gefaßter Handspiegel. Kein Stück aus dem Kaufhaus. Schätzwert: zweitausend Mark. Eigentlich kein Streitobjekt, sondern ein Auslöser, wie es heute heißt. Der Ehemann schenkte seiner Frau das Erbstück, als sie ihren ersten Geburtstag im Ehestand feierte. Nach zwei Jahren ging diese Frau mit einem anderen Mann in die Vereinigten Staaten, ließ alles zurück, was ihr gehörte, auch den Spiegel.
Der Mann bleibt nicht lange allein. So oft ihn die Freundin besucht, macht er ihr ein Geschenk. Schenkt ihr, aus besonderem Anlaß, auch den Spiegel. Und eines Tages kehrt die Ausreißerin zurück. Ihr Mann, der die Scheidung bereits eingeleitet hat, nimmt sie wieder auf, behält aber das Verhältnis zur Freundin bei. In stillschweigender Duldung kommt es zu einer Dreier-Beziehung.

Eines Tages will die Ehefrau wissen, wo ihr Spiegel geblieben ist. Verschenkt. Das hätte der Mann nicht tun sollen. Mit der Duldung ist es vorbei.
Ich sagte es schon, es war mein erster Termin. Ich dachte also: ein einfacher Fall. Es geht nicht um Untreue, nicht um böswilliges Verlassen. Es geht bloß um einen Spiegel. Vielleicht ist die Ehe noch zu retten.
Im Verlauf der Befragung entfährt aber der Freundin, die das Präsent nicht zurückgeben will, ein schlimmes Wort. Keine Frau, sie sei denn käuflich, kann es hinnehmen. Und auf einmal hat die Ehefrau, die ja an allem schuld ist, kein Gesicht mehr.
Da fährt der Drache aus der Höhle, lauert hinterm menschlichen Gesicht die Fratze. Wenn die Wut sich von der Leine gerissen hat –, wie oft habe ich es nachmals gesehen.
Nein. Kein einfacher Fall. Wäre jetzt der Spiegel zur Hand, sie würden sich, die beiden Frauen, nicht wiedererkennen. Hure hat die eine zur andern gesagt. Die springt auf und haut der andern die Faust ins Gesicht.
Die Anwälte zerren die beiden auseinander. Der Ehemann rührt sich nicht.

Frau Schwämmle hat sich auf den Schemel gesetzt, den ich ihr aus dem Schuppen geholt habe. Ich stehe nahe vor ihr. Anders als vorher schaut sie aus ihren Augen heraus. Wir schweigen.
Jetzt sagt sie: „So was gibt's?" In ihrer Schürze sucht sie nach dem Taschentuch. Die Tränen sind da. Sie steht auf und sagt noch: „Wer kann das aushalten?"

Vom ersten Tage an, jenem Oktobernachmittag, als sie mir an der Haustür den Koffer aus der Hand nahm, bin ich Frau Schwämmles zweiter Sohn. Und wenn ich gemeint habe, sie wisse nichts, habe nichts bemerkt von dem Kollaps, der mich vergangene Woche überfallen hat, in der Badestube, so war das eine Täuschung. Noch am gleichen Nachmittag hat sie mich angeschaut wie die Schwester Anna im St. Elisabeth-Krankenhaus, wie die Oberschwester in Recklinghausen.
Es ist ja wie der Anfang des Sterbens. Es wird finster. Der Leib gehorcht nicht mehr.
Es dauert nicht lange. Ich sehe wieder meine Hände. Ich kann nach einem Halt greifen. Stehe auf.

Ein neuer Tag. Ich habe mein Bett gemacht, den Kaffee heraufgeholt und dem Eulenturm meine Hand entgegengestreckt. Vergangene Woche sind die Bücher gekommen. Heute will ich sie noch einmal durchsehen. Es sind Brunnen, die niemals leer werden. Nach jedem Lesen füllen sie sich wieder auf, haben mich tiefer in sich hineingeführt.

Wie habe ich sie entbehrt! Da ist der Landsmann, der Johannes Scheffler, der Cherubinische Wandersmann. Ich lege ihn auf den Nachttisch.

Am Nachmittag kommt Tobias. Ich kann ihn nicht sehen, ohne an meinen Bruder Josef zu denken. Er ist ihm nicht ähnlich, hat aber die gleiche Art zu reden. In kurzen Sätzen. Mit deutlichen Punkten dazwischen. Als er auf die Welt kam, lag mein Josef schon dreiundzwanzig Jahre in französischer Erde. Wo? Wir wissen es nicht. Immer wieder läuft mir dieses *wir* in die Feder, als lebte die Mutter noch. Und der Vater? Als die Mutter ihn zum erstenmal sah, ihm den ersten Brief abnahm am Elternhaus in Altheide, hat sie gewußt, daß sie nur mit ihm weiterleben konnte. So schnell weiß das Herz Bescheid. Als dann aus Rußland kein Brief mehr kam, als er selber, der so vielen einen Brief gebracht hat, nicht mehr kam, ist sie müde geworden. Nur sie habe ich begraben dürfen, kenne nur ihr Grab.

Der Tobias: Er fing eben an, Lesen und Schreiben zu erlernen, da hatte er schon keinen Vater mehr. Der Straßenwart Schwämmle lag da schon im Massengrab. Irgendwo vor Stalingrad.

In der Mittelschule in Calw, in der zweiten Klasse, hat der Mathematiklehrer gesagt: „Der Schwämmle gehört ins Gymnasium." Dort, nach einem Probejahr, ist er gut vorangekommen. Bis auf das Latein. Er hat keine Freude daran. Wir lesen Ciceros erste Catilinarische Rede. Tobias sagt: „Wozu?"

Ich kenne seine Bücher. Der Angelus Silesius ist nicht dabei, aber, seit ein paar Wochen, eine Mappe mit Zeichnungen von Turbinen und Windrädern, solchen mit zwei und drei Flügeln. Wollte er nicht Rathäuser und Kirchen bauen? Nein, nicht mehr. Häuser bewegen sich nicht. Wasser und Luft sind immer unterwegs. Man kann sie einspannen, muß sie arbeiten lassen.

Nein, dem Josef, der sich über ein schöngeschmiedetes Gitter freuen konnte, ist er nicht ähnlich. Nach dem Cicero wird er zu den Turbinen zurückkehren.

Ich beteilige mich an seinem Taschengeld. Er kauft für mich ein.
Bei gutem Wetter gehe ich nach der Lateinstunde in den Kreuzgang. Betrete ich ihn, dann hat mich die Gegenwart verlassen. Ich setze mich in die Nische des ersten Fensters und warte auf das Gestern. So unwissend wie bei den ersten Besuchen bin ich nicht mehr. Ich habe begriffen, was Krieg und Unverstand dem Kloster angetan haben. Nicht Unverstand. Hier ist vergolten worden. Aber Vergeltung und Rache, sind sie nicht Kinder des Unverstandes? Zumal sie hier den Unschuldigen erschlagen haben.
Ich bin allein. Sehe sie aber, nicht leibhaftig, die Kirchgänger aus den Dörfern ringsherum, wie sie nach der Messe durch den Bildersaal wandern. Sie können nicht lesen, nicht schreiben. Einer zeigt dem andern die Schlange am Baum der Erkenntnis, zeigt ihm den Stall zu Bethlehem.
An den Wochentagen, manchmal schon frühmorgens, noch in der Dämmerung, gehe ich neben den Mönchen her, den alten, den jungen.
Sie lesen das Brevier.
Wie wunderlich es klingen mag. Ich bin hier niemals allein.

Wie oft auch habe ich schon im Dachspeicher der Marienkapelle gesessen und eine bunte Scherbe gegen das Licht gehalten. Der erste Befehl des Schöpfers: ‚Es werde Licht!'
Die Verdunklung haben Menschen verordnet.
Licht war der Gehilfe jener Meister, die in vielen hundert Fenstern und ebenso vielen Farben aus zerriebenem bunten Stein, aus Pflanzen und vielerlei Erden die Bibel wiedererzählt haben. Er leuchtete wie die Bilder, die sie aufs klare Glas malten. Wenn die Sonne in die Geschichten von der Erschaffung der Welt, vom Sündenfall und vom Stall zu Bethlehem hineinstrahlte, sie durchglühte, wiederholten sich die Farben auf dem Steinboden des Kreuzganges und verwandelten ihn in einen Blumengarten.
Was gäbe ich darum, die Predigt eines solchen Morgens mit den Augen zu vernehmen!
Vom Kreuzgang gehe ich hinüber zum Eulenturm. Höre am Dreischalen-Brunnen dem singenden Wasser zu, dem leisen Dreiklang, den die von Becken zu Becken fallenden Wasserschleier erzeugen.
Der Winter mußte vergehen, mein erster im Bärental, ehe ich mir die Aureliuskirche auf-

schließen ließ. Die Mesnerin, die Freundin meiner Hausfrau, brachte mir einen Schemel. Ich setzte mich unter einen Rundbogen, neben eine der dicken Säulen. Über mir die niedrige Decke. Nicht weit von der Kirche, dem Kleinod des Nagoldtales, führt die Straße über den Fluß und weiter nach Süden. Sie ist viel begangen und befahren, lebt vom Heute und Morgen. Wer aber in dem alten Gotteshaus sitzt, im Innern einer Glocke, die nichts vom Getön der Menschenwelt in sich hineinläßt, der meint, er sei nun allein auf der Welt, auf dieser Menschenwelt, und alle Uhren seien stehengeblieben.

In unserm Schlesien gibt es keine so alte Kirchen. Ich habe nachlesen müssen, was in der Welt, was in diesem Tal geschehen ist, seit die Aureliuskirche hier steht, in den fast neun Jahrhunderten. Blut und Schweiß und Ströme von Tränen hat der Mensch hergeben müssen. Angst und Wut und große Tapferkeit.

Die Oberhand hat der Geist behalten.

Zugleich mit dem Buch über die Geschichte der schwäbischen Welt habe ich mir auch eine Sammlung von Gedichten gekauft. Als ich sie las, fast alle zum erstenmal, habe ich

oft mit den Tränen kämpfen müssen. Die Bücher des Großvaters, der ja ein Rechtskundiger war wie ich, meine Lehrjahre, mein Beruf – immer ist vom Unrecht und seiner Bestrafung die Rede gewesen. Vom Strafmaß. Von der Schuld. Wie die Menschen das Recht zwar kennen und erkennen, aber trotzdem das Unrecht hervorbringen.
Jetzt nun lese ich: „Sei dennoch unverzagt. Nimm' dein Verhängnis an!" Das sagte Paul Fleming, mitten im Dreißigjährigen Krieg. Ich lese: „Ein still getrostes Herze in Mangel, Not und Schmerze; zum Sterben und zum Leben auf ewig Gott ergeben, wo, wo ist solch ein Held zu finden auf der Welt?"
Warum bin ich an diesen Kleinodien vorbeigegangen? Habe sie mir nicht angeeignet? War ich blind? Sie lagen am Wege. Und ich, ein angehender Jurex, sah sie nicht. Schon damals nannten sie mich Jurex, die Klassenkameraden, nach meinem Vortrag über ‚Die Strafen im Mittelalter und der Sachsenspiegel'. Er ist bis zum Abitur an mir hängengeblieben wie ein Spitzname.
Jetzt lasse ich alles in mich herein, in dieses Vakuum. Jetzt erst begreife ich, daß es Gedichte gibt, die mit Kräften geladen sind, solchen, die uns am Leben erhalten. Die unver-

gänglich sind wie alle Eingebungen. Während jene, durch die sie einst hindurchgegangen sind, die ihre Seligkeiten, ihre Nöte, alle ihre Niederlagen und Auferstehungen in menschliche Sprache filterten und im geschriebenen Wort unvergänglich machten, während die Dichter gestorben sind, die Wohltäter, lebt ihre Hinterlassenschaft. Sie ist unsterblich.

Der erste große Krieg dieses Jahrhunderts, der mir den Vater und Bruder genommen hat, der ging schon zu Ende, ja, wir hatten ihn schon verloren, da sangen wir noch: „Es braust ein Ruf wie Donnerhall, wie Schwertgeklirr und Wogenprall –"

Sehe ich mich jetzt in einem der zehn Bände der Weltgeschichte um, die ich mir letzte Weihnachten geschenkt habe, in den „Frühen Hochkulturen", den „Weltkulturen", in dem Band „Von der Reformation zur Revolution", dann höre ich auf vielen, vielen Seiten nichts anderes als Schwertgeklirr, sehe die Schwerter tanzen, die seit den Tagen des Darius bis auf unsere Zeit geschmiedet werden.

Beim schlesischen Eichendorff, beim schlesischen Scheffler, beim schwäbischen Mörike führt niemand ein Schwert. An seine Stelle ist die Schönheit der Welt getreten, die sichtbare, die verborgene. In ihr enthalten alle Geheimnisse, für die es keine Worte gibt, in keiner Sprache.

Vielleicht ist es leichter, zu sterben

Bis zum Erwachen, was war mit mir geschehen? Ich weiß es nicht. Niemand konnte mir's sagen.
Auch nicht Schwester Anna, die Graue Schwester. Ich lag auf einem Feldbett in einem Abstellraum des St.-Elisabeth-Krankenhauses der Grauen Schwestern. Wer hatte mich gefunden und hierhergebracht?
„Das Haus ist bis aufs letzte Bett belegt. Seit Wochen. Auch die Not-Unterkünfte. Der Chef hatte Sie schon ins *Bethanien* geschickt. Dort war auch kein Platz. Da haben wir Sie hierhergelegt. In die Abstellkammer. Sie hat keine Fenster. Bloß die beiden Luken."
„Wer hat mich gebracht?"
„Ich weiß nicht. Ich hatte Nachtdienst. Wir machen jetzt alle drei Tage Nachtdienst. Ich habe längst ausgedient. Aber jetzt werden wir alle wieder gebraucht."
„Was ist mit mir?"
„Sie hatten hohes Fieber. Vielleicht ein Kollaps. Sie sollen ein paar Tage ohne Bewußtsein gewesen sein. Dann haben Sie angefan-

gen zu fantasieren. Dann kam die Lungenentzündung. Drei Wochen. Der Blutdruck. Sie müssen das mit dem Chef besprechen –. Wissen Sie denn gar nichts mehr? Haben Sie nichts behalten, Essen und Trinken und das andere alles? Es war nicht leicht mit Ihnen. Was für ein Dickkopf Sie sind. – Gott ist gnädig. Wer sind Sie denn eigentlich? Was sind Sie? Haben Sie Geld? Wir sind am Ende, sagt der Chef."
Ich nannte meinen Namen.
„Und sonst?" Ich konnte mich nicht besinnen.
„Es geht ihnen schon ganz gut. Besser als andern. Stehen Sie auf! Ich bringe Ihnen einen Rasierapparat."
Ich saß jetzt auf dem Bettrand und zitterte. Das Halbdunkel. Vor den Augen zog immer wieder ein Nebel vorbei. Schwester Anna kam mit dem Apparat und einem kleinen Spiegel.
„Aufstehen! Sie kriegen gleich was Warmes zu trinken. Sagen Sie endlich was! Wir sind alle wie am Ende. Gott ist gnädig. – Da!"
Sie stellte den Spiegel auf eine Kiste. Ich sah hinein und erblickte einen Fremden. Einen alten Mann mit weißen Haaren. Von den Schläfen bis unters Kinn grauweiße Stop-

peln. Eine Maurerfräse. Ich bat um eine Schere, als die Schwester mit einem Topf Kaffee kam. ‚Kernla-Kaffee', schwarz. Und eine Semmel. Sie war grau und zäh, doch es war eine Semmel. Ich trank den heißen Kaffee. Das war wie Auferstehung. Als wachten die Eingeweide, als wachte auch der Schädel auf. Gleich danach kam noch einmal die Schwäche, und ich mußte mich wieder legen. Erst am Nachmittag schnitt ich mir die Stoppeln aus dem Gesicht und rasierte mich.

Am Abend der Arzt.

„Wer sind Sie?"

„Werner Hoffmann."

„Und?"

„Amtsrichter. Hier."

Sofort legte der Arzt den Finger auf den Mund. Sagte: „Denken Sie sich was anderes aus! Amtsrichter. In Schweidnitz! Haben Sie Papiere?"

„Nein."

„Seien Sie froh. Sie scheinen nicht zu wissen, was Ihnen blühen kann. Und uns."

„Wer hat mich hergebracht?"

„Was weiß ich. Sie sind fieberfrei. Wir müssen Sie morgen früh entlassen. Im Flur sitzen die Leute in Doppelreihen. Und immer neue. Wenn Sie keine Wohnung mehr haben, gehen Sie aufs Rathaus. Die Russen haben einen neuen Bürgermeister eingesetzt. Vielleicht kann er Ihnen helfen. Den Amtsrichter behalten Sie für sich. Vorläufig."

Das kurze Gespräch hat die Reste von Nebel ausgetrieben. Ich habe es darum behalten. Ich war wieder klar, schlief erst gegen Morgen ein.

Schwester Anna brachte mir zum letztenmal Kaffee und Brot. Sie war eine kleine Frau mit einem Gesicht, dem sich das der Mutter genähert hatte, als sie nicht mehr arbeitete, das Krankenschwestergesicht. Ehe wir uns Lebewohl sagten, schrieb sie mir mit ihrem Daumen das Kreuz auf die Stirn.

In der Fleischerstraße, im Vorzimmer des neuen Bürgermeisters, verbrachte ich einen halben Tag, ehe ich an der Reihe war. Sie fragten mich nur nach meinem Namen und meiner bisherigen Wohnung, schickten mich dann weiter zu einem ‚Block'.

Die Russen, oder waren es schon die Polen, hatten die Stadt in Blöcke eingeteilt. In einem der Blöcke wurde ich in die ‚Fliegende Kolonne' eingereiht. Wir hatten Straßen

und Plätze, nicht aber das Innere der Häuser sauber zu halten. Der Innendienst war den Frauen vorbehalten. Sie hatten auch die Kasernen und alle Dienststellen der Besatzung zu reinigen. Nie vergesse ich die Augen mancher Frauen und Mädchen, die vor den Haustüren auf die Befehle warteten.
Ich selber, so merkwürdig es mir beim Niederschreiben scheinen will, ich war froh, eingeteilt zu sein. Zu einem Haufen mit klaren, unschuldigen Arbeiten zu gehören. Ich war mit Namen und Nummer eingetragen, in der Hand Besen und Schaufel – eine Karre wurde mir erst später zugeteilt –, in der Hosentasche die Bezugsmarke für Kaffee und Brot. Ich stand unterm Kommando eines deutschen Vormannes. Auch er kein gelernter Kehrer. Wir hatten die Fahrstraßen und Bürgersteige zu reinigen, besonders die Rinne zwischen beiden. In ihr sammelte sich aller Unrat, den wir mit einer Pike aufnahmen. Hinter uns die Männer mit der Karre. War sie voll, wurde sie zum Müllwagen geschoben. Die Karrenfahrer wurden beneidet. Sie mußten oft anhalten und setzten sich dann auf eine der Deichseln.
In all den Jahren, die ich in Städten gelebt habe, bin ich am Straßenkehrer und seiner

Schubkarre vorbeigegangen, ohne ihn zu sehen. Jetzt war ich dankbar, daß ich selber nicht gesehen wurde. Womöglich erkannt wurde. Ich durfte bei meiner Tätigkeit nachdenken. Dachte immerfort nach.
Jeden Morgen erhielt ich eine Verpflegungsmarke, die ich in ein halbes Brot und eine Flasche Kaffee eintauschte. Auch hat man mir am ersten Tag und gegen Quittung eine Wolldecke gegeben, da ich kein Asyl nachweisen konnte. Arbeitslohn wurde nicht gezahlt. Ich habe vom Tag der großen Plünderung bis zum Ende des Jahres kein Geld in die Hand bekommen. Ich habe die Reichenbacher und die große Breslauer Straße und alle Straßen rund ums Rathaus gekehrt.
Ich habe es gern getan. Straßenkehrer, das ist ein anständiger Beruf. Am Abend ist es doch, als habe man reinen Tisch gemacht. Wer kann das schon sagen, wenn Feierabend ist? Um wieviel leichter ist der Tag des Straßenkehrers als der des Richters! Zerstrittene Eheleute zu belehren, zu trennen oder womöglich wieder zusammenzuführen. Einen Jugendlichen in den Wochenend-Arrest schicken, weil er dasselbe getan hat, was er den Vater hat tun sehen. Das alles zu Papier zu bringen –, es ist unendlich viel schwerer

als mit der Pike im Rinnstein zu stochern. Es geht dem Richter, dem Urteilsfinder, oft nach bis in die Nacht.

Am ersten freien Sonntag bin ich frühzeitig zum Grab der Mutter gegangen. Ich blickte mich nach allen Seiten um, bekreuzigte mich und kniete am Grabe nieder. Geliebte Mutter, sagte ich, dein Sohn ist Straßenkehrer. Es ist ein leichter Beruf. Die Leute werfen fast nichts mehr weg. Meine Kollegen sind gute Leute. Wir reden nicht über die Russen und die Polen. Das ist jetzt so. Einer fürchtet sich vorm andern. Der gnädige Vater im Himmel hat mir weiße Haare geschenkt und ein neues Gesicht, so daß mich niemand erkennt. Wer weiß, wo ich jetzt wäre, wenn mich jemand erkannt hätte. Von meinen Kollegen haben sie schon drei eingesperrt. Die andern sind verschwunden. Von Mosers habe ich nichts mehr gehört. Ihr Haus ist abgebrannt. Auch nicht vom Ulrich. Wo die Else gewohnt hat, die Else und ihre Mutter, stehen Tag und Nacht zwei Posten. Es ist den beiden alles erspart geblieben. Sie sind noch im April nach Hamburg gezogen.

Denke nicht, daß ich einsam bin. Ich habe doch dich und den Vater und den Seffe. Auch für die Else ist in meinem Herzen noch

Platz, wenn sie auch nein gesagt hat, damals. Ich weiß, du hättest sie gern an meiner Seite gesehen. Geliebte Mutter. Mache dir keine Sorgen. Danke Gott, daß du nicht gesehen hast, was ich gesehen habe. Sei auch nicht traurig, wenn ich nächsten Sonntag vielleicht nicht komme. Wir leben jetzt von einer Stunde zur andern. Das ist eigentlich schon immer so gewesen. Das wird immer so sein. Von einer Stunde zur andern. Sei getrost.
Ich bin jetzt fremd in unserer geliebten Stadt. Ganz arm. Kannst du mich sehen? Kannst du mich erkennen? Es wäre gut, wenn du mich nicht erkennst. Es ist gut, wenn die Leute in unserer Stadt mich übersehen. Unsere Leute und auch die Russen und Polen übersehen mich. Es befehlen jetzt beide, die Russen und die Polen. Die Befehle sind verschieden. Die Russen haben sich drüben, auf der andern Seite von der Bahn, eingerichtet und lassen die Polen nicht heran. Wir, die Deutschen, dürfen uns vom Abend bis zum Morgen nirgends sehen lassen. Wo dürfen wir dann sein? Die meisten haben ihre Wohnung räumen müssen, so wie ich. Ja, und ich? Ich verbringe die Nacht in einem halb verschütteten Keller, unter einem zertrüm-

merten Haus. Wenn es nicht zu kalt ist, schlafe ich unter einer Weistritz-Brücke. Denke nicht, daß ich traurig bin. Meine gute Mutter. Ich bin doch nützlich. Lebe wohl!
So habe ich mit der Mutter gesprochen. Sie lebt ja noch. Mit diesen und ähnlichen Wörtern habe ich Bericht erstattet. Als säße sie mir gegenüber.
Als ich aufstand und danach den ganzen Tag an der Weistritz saß, war mir so leicht wie lange nicht. Sie sind nicht tot, unsere Toten. Sind nur leiblich tot. Ihr Geistwesen lebt. Das ist uns manchmal so nahe, daß wir unruhig werden oder gar erschrecken. Auch fühlen sie ganz gewiß jeden guten Gedanken, den wir ihnen zuwenden. Und erwidern ihn. Es gehen auch Kräfte von ihnen aus.
Wie hätte ich denn, nach dem Zusammenbruch, nach der langen Krankheit, wieder aufstehen und arbeiten können? Mit einem halben Brot am Tag. Es war Kirschenzeit. Nicht eine habe ich schmecken dürfen. In den Gärten und Gärtnereien reiften die Erdbeeren, die Johannisbeeren. Es gab Kohlrabis. Alles, was ich gern esse.
Könnte es sein, daß die Mutter, befreit von Fleisch und Bein, von allem Mangel, neben mir hergegangen ist und mich gestärkt hat?

Mich beschützt hat, auch in jener Nacht, als es mir unter der Brücke zu kalt wurde? Ich hielt es nicht mehr aus, schlug die Decke um mich und machte mich auf den Weg zu meinem heimlichen Schlafplatz in der Grunauer Straße. Wenn ich um diese Zeit, in der ersten Stunde nach Mitternacht, einer polnischen Patrouille begegnete, konnte es mir das Leben kosten. Ich besaß keinen Ausweis, hatte weder Hut noch Mantel, an den Füßen die abgelatschten Schuhe. Sie mußten mich für einen Marodeur halten, einen Plünderer, ein deutsches Ungeziefer. Ich wußte es; aber ich fror.

Nicht weit von meinem Unterschlupf hörte ich sie kommen, hörte den Aufschlag von zwei Paar Stiefelsohlen. Ein Doppelposten. Nirgends ein Versteck.

Wieder spürte ich mein Herz, diese elende Schwäche, die von der Mitte bis in die Fingerspitzen rast. Ich sagte leise: Gelobt sei Jesus Christus. Ging weiter. Stand jetzt den beiden gegenüber. Über meinen Schultern hing die Decke. Ich hob die Arme und zeigte meine leeren Hände.

„Kannst du nicht reden?" In unserer Sprache. Ich redete. Zum erstenmal redete ich mit Polen. Mit den Siegern. Ihre Gesichter ent-

spannten sich. Wer weiß, vielleicht hatten sie sich auch vor mir gefürchtet.
Sie fragten, warum ich nicht in einem Haus wohnte. Sie fragten: wohin? Ich sagte: In meinem Hause sind die Russen. Sagte noch: ich friere.
Da ließen sie mich gehen. Ich habe in meinem Keller bis zum Morgengrauen geschlafen. Die kleinen flinken Tiere, die dort wohnten, kannten mich.
Es fällt mir ein: Ehe ich weitergehen durfte, haben mich die Polen abgefühlt, haben aus meiner Hosentasche den Zettel geholt. Auf ihm stand die Nummer des Blocks und der Kolonne. Darunter der Stempel des Wohlfahrtsamtes. So hatte ich doch einen Ausweis. War abgestempelt. Der Stempel mag mich gerettet haben.

An einem Morgen, Anfang Juli, mußten die Schweidnitzer, die noch eine Wohnung hatten, einen langen Marsch antreten. Nach Freiburg. Die weiße Binde am linken Arm, auf den Schultern viel Zugeschnürtes, in der einen Hand einen Koffer, an der andern ein Kind, so wanderten sie schweigend heran, an uns vorbei, hinaus zur Stadt.
Nicht alle schwiegen. Viele weinten.

Wir Straßenkehrer waren auf den Bürgersteig getreten. Keiner sprach. War das Ende gekommen?
Als die Straße leer war, nahmen wir die Arbeit wieder auf.
Der Befehl zur Räumung, zum Abmarsch, mußte in der Nacht ergangen sein. „Zieh' deinen Mantel an!" Wir, die wir in Winkeln und Löchern nächtigten, hatten nichts bemerkt, waren auch nicht betroffen. Hatten den Mantel schon ausgezogen. Am Himmel stand immer noch die Sonne. Wanderten die weißen Sommerwolken. In den Kirschbäumen hingen die reifen Kirschen. Die Linden hatten zu blühen angefangen. Mit ihrem Duft trösteten sie uns.
Die Stadt, die Straßen, der Fluß, sie alle durften hierbleiben. Wußten noch nicht, daß sie schon bald nicht heißen durften, wie sie jetzt noch hießen.
Ein schwarzer Tag.
Wochen mußten vergehen, bevor die Verjagten zurückkehrten, verjagt nach Freiburg, von dort nach Hirschberg, von da zurück nach Schweidnitz. Zurück mit kleinem Gepäck, denn unterwegs waren die Flüchtlinge geplündert worden. Zurück in eine Stadt, in der ihnen nichts mehr gehörte.

Nicht Haus, nicht Herd. Wo sie gewohnt hatten, wohnten die, die der Ostwind hergetrieben hatte. Auch sie hatten eines Morgens ihren Mantel anziehen müssen.
Wir nun mit der Karre –, jene schrecklichen Tage sind die einzigen gewesen, in denen wir manchmal beieinanderstanden und miteinander redeten. Wenn einer die Stimme erhöhte, hob der Vormann den Zeigefinger, und es wurde still. Danach gingen wir auseinander.
Heute wüßte ich gern, wie meine Kolonne zusammengesetzt war, wie die sieben oder acht Männer, die zu ihr gehörten und von denen jeder eine andere Geschichte erzählen konnte, wie sie schweigen konnten und Disziplin hielten.

War es ein ungeschriebener Befehl, eine Warnung von irgendwo, war es ganz einfach Furcht, – bald nach der Polonisierung rückten wir auseinander. Waren uns räumlich nahe wie bisher, wenn wir in der Mittagspause unser Stück Brot aßen, einen Schluck Kaffee dazu tranken. Waren uns aber nicht mehr so nahe wie vorher.
Von ‚Seelenverkäufern' war die Rede. Freundliche Leute, die ihre Ohren überall

hatten. Ungescheut schimpften sie auf die Russen, auf die Polen. Wer ihnen zugestimmt hatte, wurde bald darauf in einen Keller geführt. In welchen Keller? Und was weiter?

Ich habe es nicht erfahren. Bevor die Unterhaltung in Enzelheiten zu gehen drohte, hob der Vormann den Finger.

Unter meinen Kollegen war einer, der, wie ich, fast immer nur zuhörte. Manchmal tat er die Hände auseinander, manchmal schüttelte er den Kopf. Sah uns der Reihe nach an. Eines Morgens fuhr er mit der Karre nahe an mir vorbei und sagte: „Heute kannst du den Zobten sehen." Sah mich dabei an, als kenne er mich.

Ich hätte mich freuen sollen. Hätte in der Mittagspause oder nach Feierabend auf die Riebelshöhe gehen sollen. Den Zobten sehen! Der Name allein war wie ein Schlüssel, wie ein Fenster ins Vergangene. Der alte Zobten. Er zeigte sich nicht oft. Versteckte sich im Dunst oder zog seine Haube übers Gesicht. Wie ein Fürst thronte er in der Landesmitte. Wer ihn besuchte, dem schenkte er manchmal ein paar Brocken Serpentin.

Ich habe ihn an jenem Tag nicht gesehen.

Der Blick meines Kollegen, – ich kam nicht davon los. So unbefangen und doch so besorgt hatte mich die Schwester Anna angesehen. Seither nur die Mutter.
War ich erkannt worden?
Verunreinigt war der kleine Zwischenraum vom Ich zum Du.
Ich habe bis zum zehnten April 1946 gekehrt. Trümmer fortgeschafft und Dächer repariert. Als es Winter wurde, wies die neue Stadtverwaltung allen Kolonnenmännern, die keine Unterkunft hatten, einen Raum an, in dem sie die Nacht und die arbeitsfreien Stunden verbringen durften. Dort gab es sogar einen kleinen Ofen, den wir mit Abfall heizten. Seit Neujahr wurden wir entlohnt. Ich konnte mir Gummistiefel und Strümpfe kaufen. Das Wohlfahrtsamt bewilligte mir, gegen Quittung, eine Decke.
Schon wurden wir Kehrer und Räumer von manchem Schweidnitzer beneidet. Wir hatten Arbeit und Brot. Wir waren unter uns. Das war unschätzbar. Wir räumten Unrat und Schnee. Streuten Asche und Sand auf die Ausgänge der öffentlichen Gebäude.

Am zehnten April, als ich mich, um zu verschnaufen, auf die Karrendeichsel gesetzt

hatte, nahe am Gehsteig, wurde ich erkannt.
Ein Mann kam daher, gut angezogen, eine Mappe unterm Arm, in der Hand des andern Armes eine Leine. An der Leine ein Schäferhund. Ein Diensthund. Ein solcher mußte es sein. Er ging nicht wie ein Hund neben seinem Herrn her, sondern wie ein dressierter Mensch, Augen und Schnauze nach vorn gerichtet, immer im gleichen Abstand zu seinem Herrn. Die beiden waren im Dienst. Ein Straßenkehrer sieht und ahnt mehr als die auf dem Trottoir.
Jetzt blieb der Mann neben mir stehen. Sah mir eine Weile ins Gesicht. So auch der Hund.
„Sie sind Doktor Hoffmann. Ich erkenne Sie an den Augen. Vor zwei Jahren haben Sie uns geschieden. Ich heiße Böttcher. Erinnern Sie sich?"
„Ja", sagte ich.
„Und warum kehren Sie jetzt die Straße?"
„Ich kann mich nicht ausweisen. Die Russen haben mir die Papiere abgenommen. Ich bin ein Nemo."
Böttcher sagte jetzt, daß ich damals die Verhandlung gerecht und fair geführt hätte. So sei dann auch das Urteil gewesen. Er sagte

noch, daß er sich inzwischen mit seiner Frau wieder ausgesöhnt habe.
Ich fragte ihn nach seiner kleinen Tochter. Sie war ihm zugesprochen worden. Ich sagte auch ihren Namen: Annette.
„Das wissen Sie noch?"
„Ich weiß auch, daß Sie das Kind Ihrer Mutter übergeben haben. Ich freue mich über die Aussöhnung. Versöhnungen sind selten. Entschuldigen Sie mich jetzt!"
Ich wollte die Arbeit wieder aufnehmen; aber Böttcher sagte: „Ich bin Vertrauensmann der Polen. Ich bin im Grenzland aufgewachsen. Spreche Polnisch. – Erschrecken Sie nicht. Was kann ich für Sie tun?"
„Nichts."
„Mann Gottes! Sie sind nicht gescheit. Ich kann Sie noch heute, ich kann Sie spätestens morgen auf die andere Seite bringen. Vielleicht noch diese Nacht. Ich kann Ihnen Papiere verschaffen. Eine anständige Arbeit."
„Ich habe eine anständige Arbeit."
„Und wenn Sie ein anderer erkennt? Dann sind Sie dran. Ich sage nicht mehr. – Entscheiden Sie sich!"
„Also dann – auf die andere Seite."
Böttcher nahm seine Visitenkarte aus der

Brieftasche, schrieb ein paar polnische Wörter darauf und sagte: „Morgen früh um vier am Bahnhof Croischwitz. Kein Gepäck. Es ist ein Munitionszug. Zeigen Sie das dem Zugbegleiter. Ich lasse ihn benachrichtigen. Er heißt Jaroslaw Csachowski. Warten Sie doch!" Er ließ sich noch einmal die Visitenkarte geben, schrieb noch etws darauf. Nahm ein leeres Blatt aus der Brieftasche. Schrieb und schrieb.
„Zeigen Sie das erst vor, wenn Sie drüben sind. – Noch eins. In Ihrem Zug fahren noch ein paar andere mit. Vorsicht. Und wenn der Csachowski nicht gleich da sein sollte, zeigen Sie das dem Zugführer. Ein Pole. Und das hier, lesen Sie es, ist für drüben. Es wird Ihnen nützlich sein." Ich las: ‚Vorzeiger dieser Karte ist Dr. Hoffmann, ehemals Richter am Amtsgericht in Schweidnitz. Dies bestätigt Oswald Böttcher, Vertrauensmann der polnischen Behörden in Schweidnitz.'
Fast fünf Jahre ist dieses Blatt unterwegs gewesen, von Behörde zu Behörde, zwischen West und Ost. Wie auch ich nicht zur Ruhe gekommen bin, von einem Lager ins andere wanderte. Endlich ist es mir nützlich gewesen, hat mir Amt und Stand zurückgege-

ben. Da lag ich schon in der Klinik, in Recklinghausen.
Nachdem ich beides in die Hosentasche gesteckt hatte, die Visitenkarte und das Blatt für drüben, legte Böttcher den Finger auf den Mund und ging weiter.

Die Kollegen hatten alles mitangesehen. Sie ließen jetzt ihre Karre stehen, kamen heran und wollten wissen: „Was habt ihr geredet? Was hat er von dir gewollt, das Schwein?“
„Schwein? Ich kenne den Mann nicht. Warum Schwein?“
Seit wir die Straßen unserer Stadt kehrten, hatte es zwischen uns keine Vertraulichkeiten gegeben. Keine Offenheit. Aber auch kein Aushorchen. Wer wollte schon ausgefragt werden?
Jetzt mußte ich lügen. Ich, der Mann Gottes, wie mich Böttcher genannt hatte.
Ich sagte, der Mann, der mir nicht bekannte Mann, habe mich gefragt, ob wir uns zu beklagen hätten. Ob wir Wünsche hätten. Wahrscheinlich einer von der Verwaltung. Hat auch nach der Verpflegung gefragt. Nach der Unterbringung.
„Und was hast du gesagt?“
Was hatte ich gesagt –. Noch einmal lügen:

„Der schäbige Lohn, kein warmes Essen, und daß wir eine halbe Stunde zu früh antreten müssen. Er hat alles aufgeschrieben."
„Und du hast es in die Tasche gesteckt. Zeig' mal!"
Das sagte Wuttich, der auf der andern Straßenseite gestanden hatte.
„Mein Ausweis. Er hat ihn sehen wollen. Willst du mich auch kontrollieren? Was denkt ihr überhaupt? Wenn du hier gestanden hättest, Wuttich, dann wärst du dran."
Wie mir das so leicht von der Zunge ging! Der Vormann hob den Finger.
Nach diesem Gespräch nahmen die bösesten Stunden, die ich in Schweidnitz verbracht habe, ihren Anfang. Die Russen, die Polen, zwischen ihnen und uns lag ein geistiges Niemandsland. Auf dem andern Land, dem unter unsern Füßen, mußten wir uns zu jeder Stunde begegnen. Meine Arbeitskollegen, das waren die einzigen Menschen, mit denen mich Sprache und Mißgeschick verband. Ich zählte zu ihnen, und das war wohl das beste in jener Zeit.
Auf einmal trauten sie mir nicht mehr. Der Ausweis! Wuttich mußte gesehen haben, daß ich noch etwas nachgeschoben hatte.

Sie nannten ihn Schwein, den Mann mit dem Hund. Er selbst nannte sich Vertrauensmann. Ein gutes Wort. Nicht für Wuttich. Nicht für uns, die wir von Stunde zu Stunde mit Festnahme und Verhör rechneten. Wie viele mögen es gewesen sein, die während meines Kehrdienstes abgeholt worden waren, die wir nicht wiedergesehen haben? Beim Morgen-Appell waren sie nicht mehr da.

Von jetzt an stand ich für die Kolonne auf der andern, auf Böttchers Seite. Neben dem Mann, der einmal von mir freigesprochen wurde von Ehebruch und anderer Anklage. Der sich jetzt dafür bedanken wollte. Um welchen Preis! Die grauen Männer vor mir, die Hosen schlottrig, die Gesichter zerfaltet wie das Hemd, die Haare, die über die Ohren und in den Hals hineinwuchsen, sie waren doch die letzten Menschen, mit denen ich mich verbunden fühlte. Wie und wo sollte ich die kommende Nacht verbringen? Unter der Brücke? Noch heute, noch vorm Abendläuten, ja, der Tag ging zu Ende, hatten sie alles weitergegeben. Mit dem Schwein, dem Aushorcher und Seelenverkäufer, der sich Vertrauensmann nannte, der in der Breslauer Straße ein Eisenwaren-

und Fahrradgeschäft betrieb, dieses Geschäft immer noch besaß – das alles wußten sie, sagten es mir, der ich es nicht gewußt hatte –, mit dem hatte ich geredet und Zettel getauscht.
Meine Gedanken liefen kreuz und quer. Ich konnte ihrer Unordnung nicht mehr Herr werden.
Morgen früh, noch bei halber Nacht, in Croischwitz. Wohin dann? Und bis dahin? Konnte ich mich in der Unterkunft noch sehen lassen? Und wenn der Zug ohne mich abfuhr? Für die im Block, in der Kolonne, war ich jetzt dasselbe wie Böttcher. Ein Zuträger. Ein Schwein. War nicht mehr, was ich gewesen war, grau und ohne Kennzeichen.
Ich griff in die Hosentasche. Sie war noch da, Böttchers Karte. Hatte er nicht gesagt, er könne mir für drüben eine Adresse geben? Ich müßte sie mir im Wohlfahrtsamt abholen. Brauchte nur die Visitenkarte vorzuzeigen.
Wohlfahrtsamt. Das gab es noch? Es konnte auch eine Falle sein. Sah ihm das ähnlich, dem Mann, den ich einmal freigesprochen hatte? Nein.
Ich hatte den Bissen genommen, wie Judas. War ausgestoßen. Böttcher hatte mich in die

letzte, die schrecklichste Einsamkeit gestoßen. Wenn ich heute abend fehlte, wußten es alle: übergelaufen.
Könnte ich wenigstens die Decke holen. Aber schon um sechs, wenn wir Karre und Schaufel abgegeben hatten, mußten wir uns verkriechen. Aßen den aufgesparten Brotkanten, tranken die Flaschen leer, krochen unter die Decke. Einer war dann nicht mehr dabei.
Ich bin nicht im Wohlfahrtsamt gewesen. Ich war auf dem Friedhof, um mit der Mutter zu sprechen. Wo sonst hätte ich mich verbergen sollen? Endlich kam die Nacht. Ich saß auf dem niedrigen Grabstein. Stand auf und wanderte zwischen den Gräbern hin und her. Während ich heute noch die Gesichter von Böttcher und Wuttich und das vergrämte Gesicht unseres Vormannes wiedererkennen würde, bin ich mir selbst in jenen letzten Stunden fremd geworden. Den letzten Stunden in der alten Heimat.
Ich fror. Hätte gern meine Decke gehabt.
In der dritten Stunde nach Mitternacht pirschte ich mich auf Nebenwegen an den Bahnhof Croischwitz. Am Himmel kein Stern. Auf einmal die Güterwagen. Der Zug. Ein Munitionszug, hatte Böttcher gesagt.

Unbeleuchtet. Hinter mir, neben mir Soldaten mit Kisten. Sie kamen von der Straße herüber, überholten mich, verschwanden im Dunkel. Jetzt die Lok. In der offnen Tür ein Mann. Er nahm Böttchers Karte, hielt sie vor seine Taschenlampe. Ich sagte: „Csachowski Jaroslaw." „Nich da. Letzte Wagen!" „Die Karte!" „Da!"

Ich hatte sie wieder. Ohne die Karte, wer war ich?

Ich tappte zurück. Der letzte Wagen. Verschlossen. Noch einmal nach vorn. Durch eine noch offene Schiebetür in den Zug. Zwischen den Munitionskisten zurück zum letzten Wagen. Alle Wagen bis zur Decke hinauf voll mit Munition. Zwischen den Kisten manchmal ein Mensch, zusammengekauert, ein Gegenstand wie die Patronen. Auch ich ein Gegenstand. Ich fand einen Spalt, drückte mich hinein.

Sie hat mich nach ‚drüben' gebracht, Böttchers Karte. In den Rest vom Vaterland. Nach Berlin. Ich habe die Reise, die einen Tag und eine Nacht gedauert hat, mit ein paar andern hinter mich gebracht. Wir haben kein Wort miteinander gesprochen. Hockten zwischen Munitionskisten, bewacht von zwei russischen Soldaten. Einen

Jaroslaw Csachowski habe ich nicht gesehen. Kein Bissen Brot. Kein Schluck Wasser. Sechsunddreißig Stunden fast bewegungslos.
In Berlin sind wir lange im Bahnhof sitzengeblieben, bis uns eine russische Patrouille auf die Straße trieb. Wir: die Conterbande.
Vielleicht ist es leichter, im Bett zu sterben, wie die Mutter, versehen mit der Heiligen Wegzehrung, als mit dem tausendfachen Tod unter einem Dach zu reisen, aus der Heimat gerissen zu werden, mit jedem Herzschlag ein Stück weiter fortgetragen zu werden. Einem unbekannten Ziel entgegen.

Fließt in die Oder und mit ihr zusammen in die Ostsee. Auch die Wasser da unten sind gen Norden unterwegs und werden einmal denen aus der Heimat begegnen. Zur Ruhe werden sie nicht kommen.
Zur Ruhe? Gibt es sie? Ja. In den Augen der Lisbeth Schwämmle sehe ich sie.
Ehe ich vor ihr stand, sah ich ihren Buben, der sich bei meinem Anblick in Bewegung setzte, die Tür zum Haus Nummer zwei aufriß und „Mama" hineinschrie, mit der Betonung auf der ersten Silbe. Als ich heran war, standen sie beide vor mir, streckten mir die Hände entgegen. Als sei ich ein Verwandter, ein lange erwarteter Freund. Zwischen ihnen ein Pudel. Sein Gesicht ein schwarzes Gestrüpp, aus dem die Augen funkelten. Ich werde von ihm, von Benny, noch zu berichten haben.
„Sie sind der Herr Doktor Hoffmann, gell? Wir freuen uns."
Ich nahm mich zusammen. Ich schüttelte die beiden Hände, die Mutterhand und die vom Sohn. Ich bückte mich und berührte Bennys Kopf. Seine Vorderläufe zuckten. Reden konnte ich nicht gleich.
Hatte sie mich nicht angesehen, die Lisbeth Schwämmle, wie die Strickerin in Waltrop,

wo ich nach dem letzten Lager ein paar Wochen gewohnt habe, in einem kleinen Haushalt? Wie jene stille Frau, die von früh bis abends Wolljacken strickte. Und die mich, wenn sie mit den noch knisternden Kartoffelpuffern ins Zimmer trat, angesehen hatte wie meine neue Hausfrau im Bärental.

Alle Mädchen, so wird es wohl sein, kommen schon als Mütter auf die Welt, sind vom Schöpfer mit Liebe und Geduld ausgerüstet, mit Augen versehen, die jedem wohltun, der hineinschaut. An ihren Puppen probieren sie diese Gaben aus. Wenn sie in die Jahre kommen, haben sie ihr Mädchengesicht hingegeben für das von innen erleuchtete Arbeitsgesicht der Lisbeth Schwämmle.

Sie hatten sich schön angezogen, Mutter und Sohn, nahmen mir Koffer und Hut aus der Hand und führten mich ins Wohnzimmer. In dessen Mitte stand der gedeckte Tisch, zwischen den Tassen ein Teller mit hoch aufgegangenem Streuselkuchen. Frau Schwämmle sagte, von ihrer Tante, die mit einem Schlesier verheiratet war, habe sie gehört, daß der Streuselkuchen was Schlesisches sei. „Aber wer weiß, ob er geraten ist“, sagte sie noch.

stalt auf gefährlichem Weg begleitet hat. Es gibt sie, Engel in Menschengestalt. Sie führen uns zurück zu den Anfängen.
Hatte ich mich nicht fallen lassen? In jenem Zug, angefüllt mit Patronen und Granaten. In der Finsternis. Jetzt saß ich wieder auf einem Stuhl. Neben mir der Tobias. Ich war versucht, ihn nach seiner Namensgeschichte zu fragen. Ich kam nicht dazu; denn Frau Schwämmle war es nicht entgangen, daß ich immer wieder zu den Bildern hinüberschaute.
„Die hat der Papa, der meinige, aus Stuttgart mitgebracht. Er hatte was mit Bildern. Die Frau im Wald, wenn wir nur mal wüßten, warum sie dort zwischen den grauen Felsen sitzt. Mit ihrem Buben und mit der Kuh. Ist es vielleicht eine Heilige?"
„Die Genofeva", sagte ich, „hat sechs Jahre im Wald sitzen müssen, weil jemand ihrem Mann, der war ein hoher Herr, erzählt hat, sie sei ihm untreu gewesen. Erst nach dieser langen Zeit, da war der Sohn fast schon so alt wie der Benny, ist die Wahrheit ans Licht gekommen, und die Genofeva durfte heimkehren. Die Kuh, Frau Schwämmle, ist eine Hirschkuh. Mit ihrer Milch hat sie die beiden Ausgestoßenen ernährt."

Es war danach still. Frau Schwämmle stand auf und trat nahe an das Bild. Tobias und ich, wir teilten das letzte Stück Kuchen. Die Hausmutter, wie zu sich selbst: „So was hat's gebbe! Das sollt' nicht sein." Sagte noch: „Räum' ab, Tobias!" und führte mich in meine Stube hinauf, in den ersten Stock. Noch auf der Treppe fragte sie: „Habet Sie noch jemanden drübe?"
Drüben, ich hörte das Wort nicht zum erstenmal.
„Zwei Gräber. Das eine ist vielleicht bloß ein Erdloch in Sibirien. Dort liegt der Vater. Das andere ist in der Stadt, aus der ich komme. Da schläft die Mutter. Und das dritte, das ist nicht drüben, sondern in Frankreich. Er liegt bei den ‚Unbekannten', mein Bruder."

Meine Stube. Sie ist nicht geblieben, wie sie war. Vor den Fenstern hängen weiße Gardinen, vorm Bett habe ich einen beweglichen Vorhang angebracht. An der Wand, hinter der die Tobias-Stube liegt, hängt ein Bild vom Breslauer Rathaus. Ich habe es in Stuttgart gekauft, vielleicht im gleichen Geschäft, in dem Frau Schwammles Papa einmal die Genofeva entdeckt hat. Stehe ich davor, ist auch der Onkel neben mir.

Nachdem ich bald nach der Ankunft den Jurex mit dem Praezeptor vertauscht und als Honorar, zusammen mit Tobias, manche Terrine, bis an den Rand voll ‚Gaisburger Marsch', leergemacht habe, jenes köstliche Gericht aus Brühe, Spätzle, Fleisch und Kräutern, alles mit dem Löffel zu essen, bin ich in meinem ersten Frühling im Nagoldtal Frau Lisbeths Gärtner geworden. In dem kleinen dreigeteilten Viereck hinterm Haus habe ich mich schnell zurechtgefunden. Es ist nicht viel größer als der Garten daheim. Auch bringt die Erde hier das gleiche hervor: Erdäpfel, Kohlrabi, Rettich, Petersilie, Erdbeeren. Und Blumen. Alles umzäunt von dunkelgrünen Staketen. Umwachsen von Kletterbohnen, Johannisbeeren und Stachelbeeren.

Was der kleine Garten leistet, habe ich an den vollen Gläsern im Keller gesehen. Gleich neben der Tür zum Garten steht ein Birnbaum mit dem kriegerischen Namen: Napoleons Butterbirne.

Kaum ein Nachmittag, an dem ich nicht, ein später Klosterbruder, den Kreuzgang besuche.

Immer begleitet mich Benny bis zur Einmündung des Bärentals in die Chaussee. Dort

zögert er, blickt mir nach, kehrt endlich um. Er denkt nach. Wo geht der Mann hin? Kommt er wieder? Mein Revier, darf ich es allein lassen?
Im Kreuzgang, auch im Gewölbe der Aureliuskirche, werde ich erwartet. Die Steine kennen mich. Sie warten auf meinen Gruß. Auf die Berührung mit der lebendigen Hand. Nicht in Ungeduld. Von ihr wissen sie nichts. Wir dagegen? ‚Ein Geduldiger ist besser denn ein Starker.' So im Alten Testament. Im Neuen: ‚Geduldig in Trübsal!'
Selbst der Eulenturm, diese gen Himmel weisende Kompaßnadel, hat mir immer etwas mitzuteilen.
Wie einsam sie alle sind, die Übriggebliebenen! Nur der Dreischalen-Brunnen ist ‚selig in ihm selbst'.
Ich habe sie alle besucht, mit ihnen geredet. Bin müde. Zum Heimgehen ist es zu früh. Überm Bärental steht noch die Sonne. Ich hole den Schlüssel zur Marienkapelle und steige auf den Dachboden. Ihn zu betreten, allein, ist nicht jedem erlaubt. Der Mesner war noch mit dem Vater meiner Hausfrau befreundet. Er weiß, daß ich seine Schatzkammer nur besuche, um zu schauen. Kann sein, er weiß noch mehr. „Das tut denen gut,

dort oben, wenn mal der Richtige kommt."
Das sagte er, als er mir vergangene Woche den Schlüssel gab.
Ich stelle den Säulenschaft, auf dem ich zu sitzen pflege, an die Wand, der Dachluke gegenüber. Durch sie fällt am Nachmittag ein starkes Licht. Halte ich eine der Scherben dagegen, leuchtet sie. Wie damals, als sie noch zu einer Bibelgeschichte gehörte. Zu Noahs Arche, zum Baum der Erkenntnis. Ich sitze ja am Rande eines der seltsamsten Trümmerfelder. Kein Schlachtfeld; denn hier ist nicht mehr gekämpft worden. Auch nicht dort, wo sie aufgelesen und gesammelt wurden, die behauenen Steinbrocken, die Scherben und Splitter. Sie haben sich nicht gewehrt. Vom Menschen mit Liebe und hoher Geduld erdacht und erschaffen, wurden sie geschändet und niedergemacht wie ihre Verteidiger.
Ich habe gelesen, daß alle Steine, ehe sie ihren Platz fanden, durch die Hand der Mönche gegangen sind. Es hat ja zur Zeit der Klostergründungen keine Kunstfertigkeit gegeben, die von den Verkündigern des Evangeliums nicht beherrscht wurde. Die Quader des Eulenturms und seines Zwillingsbruders, das Filigran in den Fensterbö-

gen, den Nischen, die Mönche haben ihnen Gestalt und Geist gegeben. Sie haben auch aus bunten Erden, zerriebenen Steinen und seltenen Kräutern die Farben gekocht und gefiltert. Farben, wie sie nur den Orchideen gelungen sind. Auch das wilde Blau des Enzian, das Himmelblau des Lavendel, das kaiserliche Gelb der chinesischen Tempeldächer, das Gelb der Wüste und das Grün des ersten, vom Schöpfer selbst ins Licht gerufenen Gartens, sie haben alle diese Farben nacherschaffen. In den Scherben, über denen ich sitze, blitzen sie manchmal auf.

Wie ich nun einen Splitter aufhebe und gegen das Licht halte, bin ich von einem Augenblick zum andern so alt wie Tobias. Sitze wieder auf der Schulbank und höre zu, wie der berühmte Mann, der heute unsern Botaniklehrer vertritt, vom Elfenschuh, von Geißbart und Mädchenauge und von der Sonnenbraut erzählt. „Meine Herren!“ – so hatte er uns Milchbärte angeredet. Wie haben wir ihn dafür geliebt! Nicht allein dafür.

Er hat uns ernährt. Nicht aus dem Lehrbuch und der Flora. Sondern mit Bildern und Geschichten, als wären Elfenschuh und Mädchenauge, der Siebenstern und das Trä-

nende Herz unsere Schwestern und Brüder.
Auf der Leuchtspur einer Scherbe – und der Erinnerung – sind sie dahergekommen.
Damals schon habe ich alles erfahren wollen, was wir von Blumen und Bäumen wissen. Das konnte nicht gelingen. Heute erst weiß ich, daß in den Büchern nur wenig über sie steht. Sie sind ja verschwiegen, die kleinen wie die großen. Und seit ich Frau Schwämmles Gärtner bin, gebe ich mich mit dem zufrieden, was ich sehe.
Und doch –, mit einer Rose, einem Lindenbaum reden zu dürfen, was gäbe ich nicht darum!
Sie alle sind den Ordnungen gehorsam, denen sie ihr Dasein verdanken. Die Biene, berauscht vom Duft der Lindenblüte, der Schmetterling überm Herzen der Rose, sie wissen mehr als wir, die wir aus dem Gehorsam gefallen sind.
Sollte Tobias nach dem Bellum Gallicum wieder einmal sagen: „Verzählet Sie noch ebbes!", werde ich jenen Lehrer beschreiben und diese Schulstunde, in der ich beschloß, Gärtner zu werden. Ein Pflanzenkundiger zu werden, der vielleicht einmal einen botanischen Garten mit Orchideen und Mäd-

chenaugen und weltberühmten Rosen pflanzt.
Vielleicht fragt dann der Tobias, warum ich ein Richter geworden bin.
Ich muß ihm dann vom Vater meiner Mutter berichten, dem Anwalt und Bürgermeister. Ihm hatte ich geloben müssen, allem Firlefanz, zu dem er auch das Klavierspielen und die Mädchen zählte, aus dem Wege zu gehen, bevor ich nicht das letzte Examen bestanden hatte.
Ich bin treu gewesen, auch nachdem der Großvater gestorben war. Treue und Geduld, ohne sie sähe es auf unserer Erde nicht anders aus als auf diesem Dachboden.
Ich habe die Liebe vergessen, unter allen guten Mächten die Großmacht, wie der Apostel sie genannt hat. Sie hat auch mich berührt, die großmächtige Liebe zu einem Mädchen. Von dieser Berührung habe ich lange gelebt. Wie alles gewesen ist, ‚Willkommen und Abschied', ich kann es nicht aufschreiben, wie ich meinen Abschied von der Heimat aufgeschrieben habe.

Es ist nicht so, geliebte Mutter, wie du gesagt hast. Die Sätze, nach dem dritten, kommen nicht von selber heran. Sie wollen lange ge-

sucht werden. Und manche wagen sich aus ihrem Versteck in der Herzkammer nicht heraus.
Es dämmert. Unter mir bewegt sich die Tür. Der Mesner. Ich habe die Zeit überschritten und steige zu ihm hinunter. Wie ich ihm den Schlüssel, den Nachschlüssel, übergebe, schaut er an mir vorbei. Das ist seine Art zu tadeln.
Ich gehe nach Hause. Wie gut das klingt! Lange habe ich am Sekretär des verstorbenen Herrn Blessing gesessen. Ohne Licht zu machen, ohne zu schreiben. Ich habe nachgedacht, ob ich es war, der diesen Nachmittag unterm Kapellendach zugebracht hat, überm Altar, über den Bänken, in denen wir am Sonntag sitzen und knieen.
Jetzt höre ich an der Tür ein Geräusch wie von Kinderhand. Das ist Benny. Ich lasse ihn herein. Er bleibt neben der Tür sitzen. In seinem behaarten Gesicht funkeln die schwarzen Augen. Ich rücke mit dem Stuhl auf ihn zu und sage: „Hör' zu! Mein Papa –" In seinen Pfoten zuckt es. „Meinen Vater, meinen Papa, wie ihr hier sagt, den haben alle geliebt. Auch deine Brüder. Keiner hat sich erlaubt, ihn anzubellen. Nicht einmal die ganz Scharfen, die immer an der Kette

liegen. – Hör' mir zu, Benny! Laß die Fliege! Ich sage es noch einmal. Alle Tiere und alle Menschen haben meinen Vater geliebt. Ein böses Gesicht machen, das konnte er nicht. Hat auch nicht laut gesprochen. Hatte immer was Gutes in der Tasche. Eine halbe Semmel, eine Wursthaut. Ich habe es deinen Leuten schon erzählt. Du hast damals nicht zugehört. Hast bloß an den Streuselkuchen gedacht."

Benny ist herangekommen und legt die Schnauze auf mein Knie. Die Pfoten zucken nicht mehr. Auch der Schwanz ist zur Ruhe gekommen. Auf dem Kopf spürt er meine Hand.

Ein Herz und eine Seele. Dieses schier unergründliche Wort meldet sich, sooft Bennys Hundeseele und meine Seele im Einklang sind.

Jetzt, in der Stunde vorm Abendessen, klopft Frau Schwämmle an. Es ist Donnerstag. Morgen früh wird sie mit dem Rad nach Ernstmühl in die Wäscherei fahren. Sie wird meine gebrauchten Hemden, die Unterwäsche und das Bettzeug mitnehmen.

Noch keinmal hat sie meine Stube verlassen, ohne vor das Bild mit dem Erzengel Michael zu treten, vor das Jüngste Gericht. Sie hat

dann immer eine Frage und spricht Hochdeutsch. So auch jetzt.
„Die Kriegsleut', die wo auf Befehl schießen müssen und alles kaputt machen, kommen die auch ins Gericht?"
Wer kann das beantworten? Und, wer weiß, die Lisbeth Schwämmle denkt jetzt womöglich an ihren Mann. Wie ich an meinen Bruder Josef. Und an den Vater. Sie alle haben auf Kommando gehandelt. Sie haben gehorcht. Sie haben nicht nach dem Kommandeur gefragt. Nicht nach dem, der über den Sternen ist, nicht nach dem, der die Sterne, die Ordenssterne, auf der Brust trägt. ‚Gebt Feuer!' hat es geheißen, und sie haben auf ihre Brüder geschossen.
„Und der Herrgott, warum läßt er das zu?"
Die Frage aller Fragen. Wen quält sie nicht?
„Vielleicht will er uns Zeit lassen. Er ist ja nicht so ungeduldig wie wir. Die Erde wäre sonst nicht mehr bewohnt. Nicht von Menschen. – Der Herrgott ist mit den Geduldigen befreundet. Sie, Frau Schwämmle, gehören dazu."
„Woher wisset Sie das?"
„Wer soviel Ungeduld gesehen hat wie ich, ein Richter, der die Ungeduldigen hat von-

einander trennen müssen, die Frau vom Mann, den Mann von Frau und Kindern, alles nach dem Buchstaben des Gesetzes, der kennt die andern auf den ersten Blick. Kennt auch die Lisbeth Schwämmle."

Zum erstenmal habe ich den Vornamen meiner Hausmutter ausgesprochen. Ihre Augen wandern zum Benny hinunter, der immer noch bei mir sitzt, die Vorderpfoten auf meinen Schuhen. Die Röte auf ihren Backen vertieft sich. Schweigend legt sie alles, was morgen gewaschen werden muß, in den Korb. Sagt dann: „Jetzt geh' ich. Benny!" Der wartet noch auf meine Hand.

Weitere Bücher des Verfassers
Richard Wolf

Der Vater und die Weltkarte
Daheim im alten Schlesien
110 Seiten. Großdruck. Gebunden.

Der Verfasser dieses Buches, der Schlesier Richard Wolf, kam im Jahre 1900 in Bad Landeck in der Grafschaft Glatz zur Welt. Von 1924 bis 1946 lebte er, mit kurzen Unterbrechungen, im Ausland; war Gründer und Leiter der Deutschen Schule in Varna am Schwarzen Meer; ging, inzwischen verheiratet, als Dozent für deutsche Sprache und Literatur an die Hunan-Universität in China; kehrte bei Beginn des Japanisch-Chinesischen Krieges nach Europa zurück und leitete im Deutschen Wissenschaftlichen Institut in Belgrad die deutsche Abteilung. Nach Kriegsende lebte er einige Jahre als Lehrer und Schriftsteller in Bad Liebenzell im Schwarzwald und übernahm dann die Leitung der Zentralverwaltung des Goethe-Instituts in München. Weite Reisen führten ihn und seine Frau rund um die Welt. Er schrieb mehrere Romane und Novellen, Erzählungen und Reisebücher. In den vorliegenden Vater-Erinnerungen kehrt er noch einmal in das ‚Land der Liebe' zurück, in den schlesischen ‚Herrgottswinkel', die von Wäldern und Bergen umschlossene Grafschaft Glatz.
Seit mehreren Jahren lebt Richard Wolf mit seiner Frau im Seniorenheim Rupertihof in Rottach-Egern.

Friedrich Bahn Verlag · 7750 Konstanz

Richard Wolf

Unterwegs in der Bibel

Betrachtungen und Auslegungen
238 Seiten. Großdruck. Kartoniert.
Konstanzer Taschenbücher, Bd. 71

Vom Verfasser dieses Buches erschien in der Christlichen Verlagsanstalt „Unterwegs in der Bibel“. Im Vorspruch sagt Richard Wolf: „Da, wo ich vor 78 Jahren zur Welt kam, im Schlesien des Jakob Böhme und des Joseph von Eichendorff, war die Bibel kein Sonntags-Buch. Manchen Abend kamen die Nachbarn, darunter auch ein Bauer, ein Baptist, in unsere Stube und beredeten die alten Geschichten. Nicht alle seien alte Geschichten, hieß es, sondern solche von gestern und heute. Auch von morgen, wie die Offenbarung. Ich war ein Kind, saß dabei. Nicht wenig von jenen Gesprächen ist in mir hängengeblieben!“ Und so meint der Verfasser von „Unterwegs in der Bibel“: Die Bibel darf nicht bloß ein Sonntags-, ein Feiertags-Buch sein. In über hundert Schriftstellen weist er die Aktualität des Alten und Neuen Testamentes nach. Eine große Zahl von Lesern und Leserinnen, denen der Alltag keine Zeit zur Besinnung, erst recht nicht zu systematischer Bibellektüre läßt, hat den Autor wissen lassen, daß „Unterwegs in der Bibel“ seinen Platz auf ihrem Nachttisch hat und jede Seite sie zurückführt in die Stille, in die Besinnung auf unser Woher und Wohin.

Christliche Verlagsanstalt · 7750 Konstanz